VERLAG ANTJE
KUNSTMANN

Véronique Olmi

IHRE LEIDENSCHAFT

Roman

Aus dem Französischen
von Claudia Steinitz

Verlag Antje Kunstmann

FÜR ANNE

Da leugnete Sara und sprach: Ich habe nicht gelacht;
denn sie fürchtete sich. Aber er sprach: Es ist nicht also;
du hast gelacht.

1. Mose 18,15

I

Hélène lächelte den selbstgefälligen Mann an, der sie schon den ganzen Abend langweilte, strich nachdenklich mit dem Finger über den Glasrand, überlegte kurz, ob sie aufstehen und zur Toilette gehen oder den Journalisten rechts neben ihr fragen sollte, was er von Online-Zeitungen hielt. Aber sie wusste schon, was er von Online-Zeitungen hielt. Nichts. Nichts. Nichts. Sie wusste schon, dass er Amerika als Beispiel heranziehen würde: »Sogar auf dem Höhepunkt der Überschwemmungen haben sich die Leute in New Orleans ihre Zeitung gekauft.« Fantastisch. Vorbildlich. Die Toilette war hinten links, wo sonst, und sie hatte keine Lust, am Tisch der Messeorganisatoren vorbeizugehen, noch weniger am Sponsorentisch.

Der langweilige und selbstgefällige Mann erwiderte ihr Lächeln und brachte die ganze Runde zum Lachen, als er erklärte, er werde gleich am nächsten Tag auf die Jagd gehen – natürlich auf die Jagd nach Autoren, schließlich waren sie nicht umsonst im November in der Sologne. Das war sehr lustig. Sie bestellten noch mal Cognac, zwei Espressos und koffeinfreien Kaffee, die Frauen begannen zu rauchen. Natürlich sagte jemand »Es ist verrückt, dass so viel mehr Frauen rauchen«, aber niemand traute sich, mit Akupunktur und dem Preis für Nikotinpflaster weiterzumachen, denn es war spät, und das war wirklich zu abgedroschen. Jeder fragte sich, wer die Rechnung zahlen würde. Wem man sie zuerkennen würde. Diese Ehre.

Ihr fiel auf, dass der langweilige und selbstgefällige Mann das Gesicht des Ehrenwerten John aus Disneys *Pinocchio* hatte, wäre sie Karikaturistin, hätte sie ihn sofort gezeichnet, direkt auf die Papiertischdecke des Lion d'Or. Und wer war die Holzpuppe? Der Dummkopf, der nicht zur Schule geht?

»Wer wohnt im Lion d'Or?«

Die Frage einer rothaarigen Frau mit halb geschlossenen Augen und blassen Lippen, Light-Zigaretten und lackierten Fingernägeln bewegte alle Anwesenden. Das renommierte Hotel, leicht angestaubter Prunk, lag nah beim Stadtzentrum, wo die Messe stattfand. Es gab nur fünfzehn Zimmer, und jedes Jahr war es ein Ratespiel, wem die Ehre gebührte oder wer schnell genug gewesen war, vor den anderen zu reservieren.

»Wisst ihr noch, letztes Jahr, Saint-Martins Exfrau?«

Oh ja! Letztes Jahr, Saint-Martins Exfrau! Sie kannten die Geschichte alle, jeder erzählte sie auf seine Weise, je nach Umständen und Zuhörern, keiner wusste mehr, wer wirklich dabei gewesen war, unwichtig, alle hatten das Gefühl, die Katastrophe miterlebt zu haben. Sie bestellten noch mal zwei Cognac und einen Kräutertee – das Lachen wurde noch lauter »Kräutertee! Unglaublich!« –, jetzt würden doch alle in die Nachtbar gehen, die berühmte kleine, erbärmliche Nachtbar, in der man sich so gut amüsierte, wirklich, die Provinz an einem Freitagabend, geradezu rührend, »ein Ehebruch in der Provinz muss entsetzlich sein«, sagte die Biografin von Elvis Presley, und wieder dachten alle an Saint-Martins Exfrau und lachten.

Sie hätte auch gern einen Kräutertee gehabt, es wäre schrecklich gewesen, wenn sie sich getraut hätte, einen zu bestellen, wie schaffte es der Leitartikler des *Point du Jour*, den Spott zu ertragen, der seine Bestellung begleitet hatte, wie schaffen es die Leute, so entspannt zu wirken?

Nur die Messeorganisatoren wohnten im Lion d'Or. Unter sich, fein unter sich, wie immer. Das fanden sie gar nicht lustig. Aber eine Hand wäscht die andere, die Werbung für das Vier-Sterne-Hotel unten auf dem Buchmesseprogramm war ihnen nicht entgangen, diese Bevorzugung, diese Privilegien wären früher unmöglich gewesen, die Messe war ein Opfer ihres Erfolgs, so sah es aus, immer mehr Leute, immer mehr Einfluss, immer mehr Geld, aber welcher Autor verkaufte wirklich was? Abgesehen von den Fernsehstars? Nein, es hatte sich verändert, sehr verändert, der Beruf wurde immer schwieriger, die Leute lasen weniger, lebten in einer Bildergesellschaft, die rothaarige Frau mit den blassen Lippen erzählte, dass ihr Sohn Filme aus dem Internet auf seinen Computer lud, die noch nicht mal im Kino waren, der Leitartikler des *Point du Jour* sagte, dass die Tochter seiner zweiten Frau Musik raubkopierte, jeder musste seine Anekdote erzählen und seine Missbilligung kundtun, die Biografin von Elvis Presley bedauerte voller Bitterkeit, dass das Gesetz über die kostenpflichtige Ausleihe in den Bibliotheken nicht durchgekommen war.

Hélène stockte der Atem. Während alle zeterten und dabei an ihrem Cognac nippten, hatte sie das Gefühl, abgestürzt zu sein. Sie war in ein Loch gestürzt. Und vereist. Erstarrt. Ihre Brust schmerzte. Warum konnte sie nicht einfach sagen, dass sie nicht einverstanden war? Dass sie ohne die Gratisausleihe in den Bibliotheken nicht mal einen Bruchteil der Bücher gelesen hätte, die ihre Kindheit retteten? Sie hätte es lächelnd sagen können: »Ohne die Stadtbibliothek von Perpignan wäre ich niemals Schriftstellerin geworden«, aber dann hätte es sicher Augenzwinkern und verstohlenes Grinsen gegeben, sicher hätten sie gedacht, dass das auch nicht so schlimm gewesen wäre, dass sie in diesem Beruf nichts zu suchen hatte – sie hätten diese Gedanken nur mit Blicken ausgetauscht, und wenn sie den Mut zu der Ergänzung aufgebracht hätte, dass sie niemals studiert habe, hätte der Ehrenwerte John, der langweilige und selbstgefällige Mann, sie mit einem Lächeln auf der Stelle zum Esel des Abends erklärt.

Also ließ sie die anderen reden, fand sich damit ab, dass man die Armut niemals loswird. Und schämte sich ihres Schweigens.

Ringsum leerten sich die Tische. Die Gäste verabschiedeten sich endlos voneinander. Verabredeten sich. Trafen Abmachungen. Sie hatten eine gemeinsame Sprache, eine konventionelle Originalität, gleiche Feindschaften, sie sagten: »Grüß X von mir«, »Sag Y, dass sie eine treulose Tomate ist.« Gratuliere diesem. Lade jenen ein. Alles lief perfekt. Jedem sein Platz. Seine Funktion. Selbstverständlichkeit, der Genuss der Selbstverständlichkeit.

Wieder lächelte sie den selbstgefälligen Mann an, der sie schon den ganzen Abend langweilte, und versuchte ihr Gähnen zu verbergen, zu unterdrücken, zu ersticken, indem sie sich auf die Lippen biss, aber ihr traten Tränen in die Augen. »Hélène! Sie wollen mir doch nicht erzählen, dass Sie müde sind!«, sagte er und lehnte sich auf seinem Stuhl zurück. »Bei der Messe von R. ist es Tradition, bis zum Morgengrauen bei Loulou zu tanzen!«

Alle waren einverstanden. Und sie auch. Es war so wunderbar, einverstanden zu sein! In derselben Stimmung zu sein. Alles mitzumachen. Sie tanzte leidenschaftlich gern. Die Augen schließen und stundenlang tanzen. Sich in den Hüften wiegen. Sich verrenken. Blind werden. Schwitzen. Sich zur Schau stellen. Sich vergessen.

Sie beschworen die durchwachte Nacht im letzten Jahr herauf, die hatten sie gemeinsam: die durchwachte Nacht im letzten Jahr, als die Messe von R. noch nicht das war, was sie jetzt war, noch nicht das Opfer ihres Erfolgs, als man noch im Lion d'Or unterkam, sie wurden Eigentümer dieser Vergangenheit, eifersüchtige Eigentümer, sie sprachen davon wie von einem Schatz, den nur sie allein kannten, den sie allein gesehen hatten, mit seiner Beschreibung bewahrten sie die Mahlzeiten vor Langeweile und gaukelten den anderen und sich selbst vor, dass sie glücklich gewesen waren.

Sie waren die letzten Gäste des Hotelrestaurants, die Kellner hatten schon abgeräumt und die Tische für das Frühstück vorbereitet. Weiße Tassen umgedreht auf den Untertassen, silberne Zuckerdosen und rosa Stoffblumen.

Sie mussten nur noch aufbrechen, verdauen, schlafen, Stuhlgang haben und wiederkommen. Heißer Kaffee. Ein Tropfen Milch. Ein paar Süßstofftabletten und etwas Aspirin, um den Kater zu bändigen. Auf Wiedersehen und bis nächstes Jahr.

DRAUSSEN WAR ES NEBLIG geworden. Es gab wenige Lichter, und jedes Licht war verschleiert. Die Laternen. Das Apothekenschild. Die Neonröhren der Bushäuschen. Sogar der Mond war wie von Wasserdampf gebläht. Die schneidende Kälte fiel auf die Schultern und den Nacken, zwang die Körper, sich zusammenzuziehen, die Köpfe, sich zu senken.

Sie waren zu neunt und hatten mehrere Taxis bestellt, die auf sich warten ließen, alle trampelten auf dem Bürgersteig herum, einige überlegten, ob sie im Lion d'Or warten sollten, andere suchten einen Geldautomaten. Die eisig feuchte Nacht machte jedes Wort, jede Bewegung unwirklich und gezwungen. Der menschenleere Boulevard schien mitten im Nichts zu liegen, nur die Hinweisschilder, A10 Tours, Paris, N20 Etampes, Orléans, offenbarten die reale Existenz des Ortes, seine möglichen Verbindungen. »Man kann hier viel besser atmen als in Paris!«, sagte ein Optimist, dem niemals kalt war, daraufhin schlug ihm ein anderer vor, zu Fuß zu Loulou zu gehen, sie wechselten Scherzworte, kleine kältestarrende Herausforderungen, am Ende riefen sie noch mal bei den Taxis an.

Ein alter grauer Mercedes war zuerst da, Hélène setzte sich auf den Beifahrersitz, drei andere fanden hinten Platz und freuten sich, dass sie zu viert ein Taxi nehmen konnten, das war doch viel einfacher als in Paris, der Fahrer sagte, dass er bei der Buchmesse in drei Tagen den Umsatz eines normalen Monats mache.

Hélènes Handy klingelte, eine SMS, es war Patricks Klingeln, seit zehn Tagen nicht mehr gehört, seit sie ihn verlassen und ihm befohlen hatte, sie zu vergessen, sie endgültig zu vergessen, nicht zu versuchen, sie zu sehen, mit ihr zu sprechen, ihr zu schreiben. Ungeschickt und hastig zog sie die Handschuhe aus, augenblicklich glühende Wangen, Kopfschmerzen, unkontrollierbare Erregung. Sie wühlte in ihrer Tasche – Portemonnaie, Tampons, Schlüssel, Lippenstift, Parkscheine –, fand endlich das Telefon.

Sie wusste nicht, was sie erhoffte, was ihr insgeheim lieber wäre: so enttäuscht von seiner Nachricht zu sein, dass sie erleichtert wäre, dass sie sich gratulieren könnte, diesen Mann verlassen zu haben und seit zehn Tagen durchzuhalten; oder ein Wort, das alles reparieren würde, der magische Satz, die Ankündigung, auf die sie seit dem Beginn ihrer Affäre wartete: Ich bin frei.

»Gehen wir rein oder warten wir draußen auf die anderen?«

»Wir warten.«

»Sie können sich doch denken, dass wir da sind. Gehen wir rein.«

»Und wie sollen sie Bescheid sagen, wenn sie kein Taxi kriegen, bei Loulou gibt's ein Funkloch, wisst ihr das nicht mehr vom letzten Jahr?«

»Geht rein, ich warte, man kann hier viel besser atmen als in Paris, es tut so gut, draußen zu sein.«

»Einverstanden. Du wartest, wir gehen rein. Kommen Sie, Hélène?«

»Hélène? Kommen Sie?«

Ich bin jemand anders. Ich bin jemand, der alles ertragen kann. Ich bin ganz ruhig und gleichgültig, alles ist ganz leicht, nichts ist wichtig, ich werde morgen sterben, wir sind alle morgen tot, nichts ist wichtig.

»Das Taxi ist schon bezahlt, kommen Sie nicht?«

Erstaunt sah sie die Biografin von Elvis Presley an, die ihr mit ihrer Astrakankappe so lächerlich vorkam, und dabei war sie so nett, warum kümmerte sich das Mädchen um Hélène, warum diese unerwartete Freundlichkeit?

»Na gut, mir ist kalt. Wenn Sie nicht wollen.«

»Ich fahre ins Hotel.«

Sie sahen sich kaum an, kaum überrascht, völlig gleichgültig, keiner, der »schade« sagte, der an die durchwachte Nacht im letzten Jahr erinnerte, sie würde niemandem fehlen. Nur ihm. Er hatte geschrieben: »Du felst mir.« Ohne h. »Du felst mir.« Der Fehler verkündete Gefühl, kündete von Verliebtheit und Aufregung, und das war … ja, das war … wieder war es wunderbar. Augenblicklich. Kein Zögern. Kein Zweifel. Wunderbar.

»Bringen Sie mich ins *Home*.«

Diese Buchmesse war wirklich ein Segen für die Taxifahrer. Der alte Mercedes tauchte langsam in den dicken Nebel ein, der noch kompakter wurde, sobald man die Stadt verließ. Die weißen Scheinwerfer waren die einzige Schneise durch die auf die Erde herabgesunkenen Wolken, die leeren, mit Eis überzogenen Felder, die schwarzen, bedrohlichen Bäume am Rand der kleinen Provinzstraße, die zum *Home* führte, ein armseliges Hotel, sechs Kilometer von R. entfernt.

Sie hatten das Gewerbegebiet, die Parkplätze und die riesigen Plakate »Rindersteak im Angebot« »Erotik- und Dessous-Salon« hinter sich gelassen; gelegentlich hörte man einen Hund, ohne zu wissen, wo er bellte, Nachtfalter prallten gegen die Windschutzscheibe, die Scheinwerfer bahnten weiter ihre Schneise, und die Wärme des Autos schützte sie vor allem.

Ich bin nicht jemand anders, was soll's, ich werde ruhig und gleichgültig und gesetzt und selbstsicher sein, wenn ich tot bin, und tot bin ich morgen, ja, morgen bin ich vernünftig.

Die Straße hörte nicht auf. Hélène hatte es eilig, mit Patrick zu sprechen, ihm zu sagen, dass sie seine Nachricht erhalten hatte und dass auch er ihr fehlte, so sehr, so sehr! Jetzt dachte er wohl, dass sie seine SMS nicht erhalten hatte oder nicht darauf antworten wollte, jetzt war er bestimmt enttäuscht, wütend, gekränkt, unglücklich, aber warum hatte er gewagt, ihr das zu schicken, ihr diesen Köder hinzuwerfen, warum? Hatte er überlegt, Entscheidungen getroffen, erwartete er ihre Zustimmung, ihre Liebe, um den Bruch mit seinem gegenwärtigen Leben zu wagen, den Bruch mit seiner Frau, dem gemeinsamen Haus, den drei Kindern, mit dem Leben, das er mit seinen Träumen eingerichtet hatte und das nur noch ein Alptraum war?

»Sie gehen also nicht tanzen? Tanzen Sie nicht gern? Ich auch nicht, das kann ich Ihnen sagen, weiß Gott, ich tanze nicht gern, ich bin Asthmatiker, deswegen erst recht nicht, die Bars mit dem ganzen Rauch, da erstick ich glatt, meine Frau schimpft mit mir, oh ja, sie ist eine verdammt gute Tänzerin, aber ich geh lieber zur Jagd, gut, dieses Wochenende ist eine Ausnahme, ehrlich, in drei Tagen mache ich den Umsatz von einem normalen Monat, aber nächsten Sonntag bin ich als erster an Deck, so viel steht fest! Wenn ich meiner Frau dann ein paar Drosseln mitbringe, ist sie auch zufrieden, aber diese verqualmten Bars, nein danke, das halt ich nicht aus.«

Soll sie ihm nicht eine SMS schicken, ihn jetzt schon wissen lassen, dass sie seine bekommen hat, dass er nicht einschlafen soll, dass er ihr vor allem nicht böse sein soll, dass sie ihn anrufen wird, dass sie unterwegs ist, unterwegs zum Hotel …

»Ist es noch weit?«

»I wo! Zwei Minuten! Sind Sie müde? Da werden Sie sich sehr wohlfühlen, es ist ruhig, ein kleines Hotel mitten auf dem Land, mal was andres als Paris, stimmt's? Die Luftverschmutzung, die Staus, oh, là là!«

So ein Blödmann, dieser Fahrer, ein armer Idiot von Jäger, ich kann mir gut vorstellen, wie er seine Drossel ausnimmt, seine Frau hat noch die Schürze um, und der Sohn macht ein Foto, »Papas Drossel«, ein Hotel mitten auf dem Land, so ein Schwachsinn, was soll das, mitten im Nichts zu schlafen, wo es doch verrauchte Bars, leuchtende Laternen, pfeifende Züge, brüllende Säufer gibt, was soll das, uns mitten im November auf dem Land einzusperren?

Und es war weit, oh Gott, wie weit es ihr vorkam! Weit weg

von der Stadt. Weit weg vom Bahnhof. Weit weg von der Autobahn. Weit weg von den kleinen Bungalows, den Siedlungen mit privatem Gärtchen, Grill, Schaukel, Fertigküche und praktischer Garage, ja, sogar der Anblick eines Schrebergartens hätte sie beruhigt, hätte einen Bezug geschaffen in dieser Blase aus Nebel und Raureif und all den Tieren, die sie sich vorstellte, den Drosseln und Wildschweinen, die vor der morgendlichen Treibjagd ihre Kräfte sammelten, diesen Tieren, die niemals tief geschlafen, nie echte Ruhe erlebt hatten, diesen ewig Verfolgten, sie wusste, dass sie dort waren, ringsum, versteckt, verkrochen, ein Auge offen, die Ohren gespitzt und beweglich, die Haut bebend, der Atem warm … Wie lange noch?

Wenn ich ihm schreibe »Ich ruf dich an«? »Ich ruf dich in fünf Minuten an«? Das ist Quatsch. Er hat geschrieben, hat gewagt, mir zu schreiben »Du fehlst mir«, göttlicher Satz, Verheißung und Geheimnis, Liebeserklärung, und da soll ich antworten: Keine Angst, mein Spatz, ich ruf dich bald an …? Das ist ungehörig. Eine Beleidigung. Eine Banalität, die sofort offenbaren würde, auf welches Niveau ich mich und unsere Beziehung stelle. Ich könnte ihm schreiben: »Du fehlst mir auch.« Nein, nein, das nicht, das wäre zu einfach, erst muss ich es wissen, muss er den Mut haben, mir seine Entscheidung ins Gesicht zu sagen, »Du fehlst mir auch« wäre ein Rettungsring, sofortige Erlösung, er würde sich sagen »Sieh an, offenbar kommt sie nicht ohne mich aus, machen wir weiter wie vorher, die Frau und die Geliebte, sonntags zu Hause, nachmittags mit ihr, das Haus auf meinen Namen und die kleine Wohnung auf ihren«, nein, nur das nicht!

»Kommen Sie oft zur Buchmesse?«

»Ja! Ich finde es wunderbar! Die Atmosphäre ist so herzlich, die Altstadt ist so schön, und die Einwohner sind echte Leser, ich komme jedes Jahr, ich lasse keine aus!«

Bei Unbekannten konnte sie so gut lügen, sie wusste schon vorher, was sie hören wollten, aber die Nächsten, die Lieben, die Geliebten belog sie nicht, weil sie es nicht konnte, sie errötete, stammelte, brach in falsches, impulsives, nervöses Lachen aus, benahm sich wie ein dummes Kind.

Es war so warm in dem alten Mercedes, am Rückspiegel schaukelte ein Rosenkranz, am Armaturenbrett klebten Fotos, sicher die Familie, schließlich hatten viele eine kleine Familie, alle außer ihr, außer ihr und tausend anderen Frauen, es gab viel mehr Frauen als Männer, deshalb waren die Männer zur Bigamie gezwungen, die armen, sie brachen zusammen unter den Aufträgen; plötzlich hatte sie Lust, Patrick zu schreiben, dass ein h fehlt und was einem noch so alles fehlt, Kinder, Geld, Liebe, ein Fehlen zieht ein anderes nach sich, ein Schmerz nährt einen anderen, und unser Schmerz ist wie das Wild: Er schläft niemals wirklich fest.

Endlich tauchte das Hotel auf. Ein rotes Licht in der Ferne. Das Leuchtschild. Kleine fahle, matte Lämpchen entlang der Auffahrt, die zum Bunker namens »Le Home« führte. Wer hatte sich nur ausgedacht, dieses Hotel, diesen Betonklotz dorthin zu setzen, genau dorthin, mitten ins Nichts, ans Ende der Welt? Man hatte Kräne und Bagger hingebracht, der Lärm der Bauarbeiten hatte die Vögel in die Flucht geschlagen und die Baumwurzeln im Umkreis von zehn Kilometern zittern lassen, die Erde war sicher locker, gut zu bearbeitende Erde, fett, großzügig, ockerbraun, in die man Betonplatten gegossen hatte; wer war bloß auf diese Idee gekommen? Es gab bestimmt einen Konferenzraum, einen Speisesaal für die Vertreter, einen anderen für Hochzeiten – lauter schlammige Autos auf dem Parkplatz, der Saum des Brautkleids bespritzt –, wer hatte nur diesen Vertrag, wer die Baugenehmigung unterschrieben, warum dieses Hotel und warum sie in diesem Hotel?

Sie bezahlte das Taxi. Nahm ihre Reisetasche. Ging hinaus in die eisige Nacht. Ihr Atem brachte kleine Rauchwölkchen hervor, die sich mit dem Nebel mischten, winzige Spuren ihres Atems in der Kälte von nirgendwo.

Der Zimmerschlüssel war so klein wie ein Schlüssel für Handschellen, ein Garderobenschlüssel, ein Kofferschlüssel, ein winziges Stück Metall ohne Substanz für eine Tür ohne Bedeutung, dünn, allzu leicht zu öffnen, ein Hotel wie ein Kartenhaus, das beim ersten Erdbeben einstürzen würde, ein Haufen von zersplitterten Türen, zu Staub zerfallenen Wänden auf der lockeren ockerbraunen Erde. Sie trat ein und wurde natürlich nicht überrascht. Als Modell war das Zimmer wahrscheinlich lustig gewesen. Der Architekt hatte sich bestimmt über die hübsche Miniatur mit einem so guten Preis-Leistungs-Verhältnis gefreut. Ramsch. Imitation. Falsches Holz und echtes Sperrholz, Neon, der Fernseher hing blödsinnig in einer Ecke unter der Zimmerdecke und an der Wand natürlich die unvermeidliche Reproduktion eines Herbstgemäldes, Würde des Jägers, Sprung der Hirschkuh und mit roter Sonne bekleckste Bäume. Unwichtig. Bald würde sie die Deckenlampe ausschalten, sich unter der Decke verkriechen, mit Patrick sprechen.

Die Erregung trieb ihr Tränen in die Augen, die Lust, das Verlangen, die Liebesworte zu sagen, Mein Herz, Mein Herz, Mein Herz, geflüstert, warm, müde, flehend, Mein Herz, Mein Herz, Mein Herz, wie du mir fehlst.

Das Zimmer war eisig, sie drehte die Heizung ganz auf, suchte im Schrank nach einer zweiten Decke, einem dritten Kopfkissen, aber der Schrank war leer. Sie sah sich nach einem Regal, einer Kommode um, aber es gab keine anderen Möbel, und als sie einsah, dass sie in Pullover und Socken würde schlafen müssen, verfluchte sie sich selbst, verfluchte sich, weil sie dieses Wochenende auf der Messe von R. angenommen hatte, ohne sich nach der Unterbringung zu erkundigen, verfluchte sich für ihre Unfähigkeit zu fordern, für ihre geringen Ansprüche.

Mein Herz.

Abschminken im winzigen Badezimmer, Marmorimitat und blauer Plastikduschvorhang.

Mein Herz, sag mir, dass es lange, zu lange war, diese zehn Tage ohne mich, ohne mich zu sehen, mich zu berühren, mit mir zu sprechen, ich habe dir gefehlt, sag es noch einmal, beschreib es, ich habe dir nachts gefehlt, mein Kopf an deinem Rücken, mein Mund an deiner Haut, unsere Beine ineinander verschlungen, ich habe dir am Morgen gefehlt, das Erwachen, die Freude des anbrechenden Tages, wenn man glücklich feststellt, dass man die Nacht beieinander verbracht hat, wenn man sich erinnert, dass man miteinander geschlafen hat, im Dunkeln, in der Tiefe der Nacht …

Sie sah sich in dem kleinen Spiegel an, im erbarmungslosen Licht, die Wahrheit ihres Gesichtes, nackt, ungeschminkt, müde, schenkte sich ein falsches Lächeln, ein Lächeln, das noch gezwungener war als das, was sie den ganzen Tag für die Unbekannten aufgesetzt hatte, die ihre Bücher kauften, für die Unbekannten, die sie nicht kauften, für die traurig

Vorbeigehenden, für die unaufmerksamen Familien, für die Lokalfotografen, für die abgestumpften Einsamen, ein maßloses Lächeln, um ihr Gesicht zu entstellen, es ein für alle Mal hässlich zu machen, Schluss mit der Heuchelei ihres liebenswürdigen und gleichgültigen Lächelns.

Mein Herz! Mein Herz! Mein Herz! Du weißt nichts von meiner Hässlichkeit an diesem Abend, wie sehr ich dich lieben werde, du wirst mir sagen, was dir fehlt, ich werde dir unsere Zukunft sagen, die gemeinsame Zukunft, die einzig mögliche.

Sie hörte Geräusche, Wasser gurgelte in der Leitung, die Hähne im Bad nebenan zitterten, Glas splitterte, ein Schrei schrillte, wieder Glas. Dann nichts mehr.

Sie rannte zum Bett, Hände und Nase waren eiskalt, sie schlüpfte unter die Decke, steckte den Kopf unter die Decke, um weniger zu frieren und nichts von der Umgebung mitzubekommen, nicht mehr das Wasser, die schrillen Schreie, das Klirren, die Gereiztheit zu hören, sie würde verschwinden, die Augen schließen und in seiner Stimme versinken, seiner leisen Nachtstimme, etwas heiser um ein Uhr morgens, würde sich sein Gesicht vorstellen, den Tagesbart, die leichten Augenringe und die strubbligen Haare, er roch sicher nach Schlaf, bestimmt raste sein Puls wie bei einem, der hofft, waren seine Wangen gerötet wie bei einem, der eine Liebesbotschaft geschickt hat und nur Schweigen als Antwort erhält, die große Unbekannte des Schweigens, jede nur denkbare Hoffnungslosigkeit vermischt mit den unvernünftigsten Gelüsten, bestimmt hatte er immer wieder nach Nachrichten geschaut, die Mailbox abgehört, vergeblich, und er wusste nicht, dass er in ein paar Sekunden nicht mehr allein sein würde, dass sie sich in ein paar Sekunden vereinen, wiederfinden, wiedererkennen würden, denn sie würden ihre Stimmen, ihre Zärtlichkeiten, ihre Geheimworte, die albernen, köstlichen Liebescodes wiedererkennen, würden die Pausen hören, das Schweigen, das kleine Räuspern, das Zögern und sogar das Lächeln.

Und jetzt bekam sie Angst. Eine leichte, erregende Angst. Tausend Ameisen im Bauch. Sie lächelte aufgeregt, zog die Nase kraus, ihre feuchten Hände auf dem verchromten Handy, was für ein Wahnsinn, auf seine Nachricht zu antworten, sich in diese Liebe zu stürzen, was für ein Wunder.

Sie las seine Nachricht noch einmal: Du felst mir

Drückte die 4: zurückrufen. Das kleine rote Lämpchen begann zu blinken, blinken, blinken, auf der Suche nach den richtigen Wellen, dem richtigen Netz, dem richtigen Empfänger … Patricks Name, blau auf weißem Hintergrund, blieb angezeigt. Beim zweiten Klingeln nahm er ab.

Natürlich war seine Stimme heiser, so vertraut, so schön, dieses krächzende »Hallo?«, etwas misstrauisch, erstaunt, voller Hoffnung, sie schloss ganz fest die Augen, biss sich auf die Lippen, sie wusste, dass es keine Worte gab, um die Verwirrung, die Befürchtungen, den Jubel auszudrücken, sie hätte ein Tier sein und nur einen Ton von sich geben mögen, ein Grunzen, einen schrillen Ruf, eine Vibration. Wenn sie einander gegenüberstünden, wäre es einfacher, sich anzusehen wäre sicher unerträglich, also würden sie sich in die Arme nehmen und mit der ganzen Kraft ihres Sehnens und ihrer Liebe drücken, sie würden die Freude mit dem Schmerz und die Tränen mit Küssen mischen.

Er wiederholte, nun etwas beunruhigt, »Hallo? Bist du's?«

»Ich bin's.«

Sie kauerte sich noch mehr zusammen, um sich ganz und gar in seine Stimme zu schmiegen, nur noch in seinem Atem da zu sein, er sollte durch ihre Adern strömen, ihr ganzes Inneres sollte erfüllt, erwärmt sein von seinem Atem, wie ein zweites Leben.

Denn er war ihr Leben. Er war das einzig Wahre, das einzig Wirkliche in dieser Unendlichkeit vor ihr: der Zeit. Und die Zeit ohne ihn, diese zehn Tage ohne ihn waren nur Verwirrung gewesen, ein Wust von Verabredungen, professionell und höflich, Gemeinplätze, Verpflichtungen, um durchzuhalten, ohne richtig in Gang zu kommen, Tage, die den Tagen der anderen glichen, dieselbe griesgrämige Stimmung in denselben Metros, den gleichen Bars, Restaurants, Boulevards, ins Bett gehen und aufstehen im Rhythmus der anderen, eine Unbekannte sein, die den Tagesablauf von tausend Unbekannten teilt, dieselbe Zeit erlebt, ohne dass je etwas daraus hervorsprudelt.

Zehn Tage ohne ihn waren zehn verlorene Tage gewesen, zehn Tage für die Katz.

Und jetzt, wie ein Wunder, antwortete seine Stimme auf ihre, seine gespannte Erwartung auf ihre, waren ihre Herzen aufs Neue erlöst.

»Ich bin in R. Auf der Messe in R., weißt du?«
»Ich weiß.«

Sie hatten ihre Terminpläne ausgetauscht, damit das Außenleben, das Leben, um sein Leben zu verdienen, in den Hintergrund trat, nur eine Unterbrechung war, die ihre Geduld auf die Probe stellte und ihre Wiedersehensfreude möglich machte, vor einem Monat hatte er diese Zeit ohne sie und die Messe in R. eingetragen, seit zehn Tagen gab es noch winzige Bezugspunkte, kurze Signale, um sich vorzustellen, was der andere machte, Züge, Flugzeuge und alle Hotels, in denen sie sich nicht liebten.

Und jetzt wartete jeder, dass der andere sprach, dass der andere anfing, den Ton vorgab, und jeder hoffte, dass das Unmögliche zum Durchbruch kam, um den eigenen Tonfall anzupassen.

Deshalb schwiegen sie, voll Verlangen und Scham, ein Schweigen, das die Empfindlichkeit ihrer von diesen zehn Tagen der Abwesenheit und der unbeantworteten Fragen gequälten Seelen offenbarte, diese zehn Tage hatten sie getrennt in den Strudel und die Menge geworfen, und keiner wusste von der Wirkung dieser Tage der Trennung: Waren sie unversehrt oder schon gezeichnet, beeinflusst von anderen als ihnen selbst?

»Läuft es gut? Hast du viel signiert? Bist du zufrieden?«
»Keine Ahnung, interessiert mich einen Dreck.«

Und wieder Schweigen. Aber er lächelte, da war sie sicher. Lächelte, weil er sie unverändert wiederfand, übellaunig, dickköpfig, unverblümt und ungeduldig. Denn auch das liebte er an ihr. Die Stimmungswechsel und die Launen, die plötzlichen Einfälle, die Impulsivität, manchmal hatte er darunter gelitten, ohne je aufzuhören, sie zu lieben.

»Mir ist kalt. Ich bin in einem eisigen Hotel, es gibt nicht mal eine zweite Decke, so was habe ich noch nie erlebt, ich bin völlig erstarrt.«

»Du fehlst mir. Ich schaffe es nicht. Du fehlst mir.«

Sie hatte Lust zu schreien: Na und? Was jetzt? Sag mir etwas anderes! Sag mir, dass das Haus verkauft ist, sag mir, dass du mich irgendwo erwartest, du wirst eine Tür öffnen und es wird dein Zuhause sein und du wirst sagen: »Mein Haus ist auch dein Haus.« Ich will nicht wieder so anfangen wie vorher, dieses typisch französische Leben, die Ehefrau, die Geliebte, alle wissen Bescheid, keine Lüge, oh nein, das gibt es zwischen uns nicht, alle leiden und schweigen, aus Stolz, aus Gier, aus Bequemlichkeit, aus Schiss.

»Ich bin völlig erstarrt. Aber weißt du was, wenn ich gewollt hätte, würde ich heut Nacht nicht allein schlafen, heute Nachmittag habe ich Isaac getroffen, ich habe dir doch von Isaac erzählt, dem Verleger, erinnerst du dich, na ja, er hat mir Avancen gemacht, aber er ist verheiratet und ich habe ihm gesagt, dass bei mir Schluss ist mit verheirateten Männern, nie wieder, und weißt du, was er geantwortet hat, du ahnst es nicht, Isaac hat gesagt, dass er für mich seine Frau verlassen würde.«

Sie wollte ihn eifersüchtig machen. Sie wollte ihn verrückt machen. Sie wollte, dass er in sein Auto sprang, um Isaac die Fresse einzuschlagen, mitten in der Nacht, mitten auf der Buchmesse, und dass er sich mit Mühe zurückhielt, auch sie zu schlagen, dass er nicht mehr wusste, was er mit seinen Händen machen, wie er seinen Schmerz zurückhalten, seine Liebe ausdrücken sollte, sie wollte den Skandal, seine Frau mitten in der Nacht verlassen, und er, der während der ganzen Fahrt ins Telefon brüllte: »Ich verbiete es dir! Ich verbiete dir, andere Männer zu treffen!«, sie wollte, dass er Mann wurde, dass er Macho wurde, dass er Isaac, nachdem er ihm die Faust ins Gesicht geschleudert hatte, sagte: »Das ist MEINE Frau! MEINE Frau, verstehst du, Scheißkerl! Sie gehört mir! Das ist MEINE Frau!«

Es dauerte eine Sekunde. Sein Schweigen. Das Schweigen des Mannes am Telefon. Des Mannes, der in Paris im Bett lag, Hunderte Kilometer zwischen ihren beiden Betten, des Mannes mit der bloßen Haut, den leichten Augenringen, der heiseren Stimme. Es dauerte das Knacken eines Streichholzes. Nur ein winziger Funken, bevor alles in Flammen aufging.

Bevor sein Lachen herausplatzte.

DENN ER LACHTE. Frei heraus. Spontan. Sanfter Ausbruch. Unerträgliche Leichtigkeit. Und das Lachen flüchtete sich in sie, verband sich mit ihrem Fleisch, ihrem Blut, die Mäander ihres Gehirns wurden überflutet von diesem plötzlich fetten, vereinnahmenden, kranken Lachen, einem Lachen, das ihr einflüsterte, wie lächerlich sie war, eine lächerliche Frau, die Frau, die kein Mann jemals wählen konnte. Sie hatte dieses Lachen eingeatmet, sie hatte es geschluckt, und weit weg, am anderen Ende der Welt, hörte sie die Stimme des Mannes, der fortfuhr: »Und sie hat mir gesagt, dass sie dich treffen möchte, ich war in ihrer Loge und ...« Wie konnte es noch Worte geben nach diesem Lachen, eine Sprache aus logischen Sätzen, die aufeinanderfolgten, sich aneinanderreihten, Intonation, Zeichensetzung, Redefluss aus einer anderen Welt, »Ich habe ihr von dir erzählt, ich muss einfach immer von dir sprechen, da hat sie es vorgeschlagen«, sie hatte diese Sprache nie erlernt, sie konnte sie nicht übersetzen, »Dein letzter Roman, das war unglaublich«, unglaublich, unglaublich, dass es etwas anderes gab als dieses Lachen, direkt neben diesem Lachen gab es Menschen, die sprachen, die etwas anderes zu sagen hatten als dieses Lachen, sie aber wusste es, alles war verstrahlt, jetzt musste man schweigen, dieses Lachen war eine Schlange, die durch ihre Kehle geglitten war, das Gift direkt in den Magen. »Sie kennt dich, sie mag sehr, was du schreibst«, wie soll ich ihm sagen, dass ich tot bin, wie ihm ein Zeichen geben, der Mann soll aufhören zu reden, dieser Scheißkerl, der gelacht hat, der niemals daran gedacht hat, sich niemals vorgestellt hat, mich eines Tages zu wählen, »Sie kennt dich, sage ich dir!«, ah!, sie kennt mich, das ist Wahnsinn, es ist Wahnsinn, wie viele Leute mich kennen, einfach so, von Weitem, in Gedanken, Vorahnungen von Bekanntschaft, Vermutungen – doch, ich kenne sie sehr gut, ich habe ihre Bücher gelesen –, ach ja, es ist total bescheuert, dass sie mich kennt und ich sie nicht kenne, aber er sie kennt und mich kennt, er kennt die Frau, die mich kennt und die ich nicht kenne, ich bin nicht da, und sie reden über mich, aber ich bin woanders, Wahnsinn, diese ganzen Leute, die mich kennen, und trotzdem keiner, der mich wählt, aber eben weil sie dich kennen, wählen sie dich nicht, nein, also wirklich, hast du dich gesehen, armes kleines Ding mit Socken an den Füßen, in einem Hotel für Sterbende, umgeben von lauernden Hirschkühen, nein, das ist wirklich zum Totlachen.

Sie legte auf. Damit der Sturz aufhörte. Sie schaltete das Handy aus. Schwarzes Display in der schwarzen Nacht.

Sie atmete unter der Decke. Sie weinte geräuschlos, ohne Schluchzen, weinte wie in Zeitlupe, wie eine Unbekannte, die verschwindet, war nur das Bild einer Frau voller Tränen, in ihr aber nichts als Leere und die Gewissheit, dass sie soeben ihre eigene Welt verlassen hatte, alles, was ihr vertraut war, alles, was ihr lieb gewesen war, woran sie geglaubt, wofür sie sich geopfert hatte. Diesen Mann. Diesen Armlosen, der ihr die Hände entgegenstreckte. Diesen Verliebten mit dem winzigen Herzen. Nur eine Steinmurmel zwischen zwei Arterien. Diesen Mann, der sie einst von innen leuchten ließ – und nicht nur sie, sondern alles, was er berührte, jeden Ort, an dem sie waren, den Mann, der Paris für sie erstrahlen ließ, und sie war so vermessen gewesen zu glauben, dass diese Liebe, weil sie sie in Paris erlebten, sie für immer in das Geheimnis dieser Stadt eingebrannt hatte, Arsenal, Île Saint-Louis, Eglise Saint-Gervais, Select, jeder Ort würde sich an sie erinnern und jeder Passant, so viele Passanten, die sich nach ihnen umdrehten, nach ihren Küssen auf der Straße, nie von Schamgefühl gebremst, kein Nachdenken, nur Leidenschaft, Freude, immer neue Begeisterung, sich dem anderen zuwenden und in seine Arme flüchten zu können, seinen Mund so nah zu wissen und zu berühren, sich im Gehen zu küssen, sich mehr zu küssen als zu gehen, wieder und wieder, mit dem Lachen der Sorglosigkeit, der Lust zu fliegen, unter einen Torbogen treten, sich auf eine Bank setzen und sich wieder aneinanderschmiegen und wieder wie die jungen Leute sein, frei und so fröhlich, für nichts, einen Kuss, eine Umarmung …

Hatte Paris, hatten die Passanten in Paris etwas gesehen, das sie nicht gesehen hatte? Gab es diese Liebe nicht? War sie selbst gar nichts? Dauerte das schon lange?

Wie lange dauerte das schon?

II

»Ist ein Bild drin?«

Diese Frage stellte der Vater jedesmal, wenn der Brief ankam. »Ist ein Bild drin?«

Der Umschlag war lang und weiß, ein rechteckiger Umschlag, vornehm, reich. Das Brieflein im Innern, immer sehr kurz, endete unveränderlich mit: »Beim nächsten Mal schreibe ich länger. VKBB.«

»Was heißt ›VKBB‹, Mama?«

»Viele Küsse Bis Bald.«

»Warum schreibt sie dann nicht: Viele Küsse bis bald?«

»Weil sie es eilig hat. VKBB ist für Leute, die es eilig haben.«

Natürlich schrieb sie auch beim nächsten Mal nie länger, aber darauf kam es nicht an, es kam darauf an, ob ein Bild drin war.

»Wie viel hat sie diesen Monat geschickt?«, fragte ihr Vater.

Der Umschlag war lang, rechteckig, in Scheckformat. Der Scheck half den Eltern jedes Mal. Jeden Monat. Die Zahl, die drauf stand, wurde nicht laut vorgelesen, Hélène hätte sie sowieso nicht verstanden. Es war ein Bild drin. Darauf kam es an.

Dann ging sie wieder in ihr Zimmer spielen. Mit ihren Brüdern. Mit ihren Schwestern. Überall Kinder. Nirgends

Geld. Ihre Spielsachen waren schöner als die ihrer Geschwister. Anziehsachen in ihrer Größe und trotzdem neu. Die, die sie im Geschäft kauften, ganz selten, von dem Scheck, nahm ihre Mutter immer zu groß, damit sie länger passten, man musste wachsen und wachsen, damit einem die Sachen passten, aber wenn man das Ziel endlich erreicht hatte, waren die minderwertigen Kleidungsstücke abgenutzt, verbraucht, erbärmlich, also wuchs man weiter, um sie loszuwerden, damit sie an die Schwester, den Bruder gingen, der direkt nach einem kam, wenn ein Kleidungsstück also einmal passte, war es unweigerlich alt.

Aber nicht bei Hélène. Hélènes Sachen waren neu. In Paris gekauft. »Ich habe sogar die Champs-Élysées überquert, einfach so, um ihr Angst zu machen, ganz allein, als die Autos gerade losfuhren, und ich hab's geschafft!«

»Und? Was hat sie gesagt?«

»Sie hatte Schiss rüberzugehen, als die Autos kamen.«

»Und dann, als die Ampel wieder rot war?«

»Dann ist sie rübergegangen.«

»Und dann?«

»Dann hat sie mir eine geknallt.«

Und in ihren neuen Sachen, auf die sie gut aufpasste und die ihre Mutter gebügelt und sorgsam gefaltet in den roten Koffer legte, wuchs sie heran. Der Koffer begleitete sie. Perpignan Paris. Perpignan Orly. Um bei der Cousine ihrer Mutter zu wohnen.

Der reichen Cousine.

Und dort vor allem brav zu sein.

Brav wie ein Bild.

Dort liebte man sie. Zu Hause liebte man sie auch. Man liebte sie überall. Man riss sich um sie. Gegen Geld. Die Cousine hatte keine Kinder. Der Cousine fehlten Kinder. Und ihre Mutter hatte so viele. Aber warum Hélène? Warum hatte sie in der Geschwisterschar Hélène ausgewählt? Nicht besonders hübsch. Sehr mittelmäßig in der Schule. Schlechter Charakter. Nervenbündel, das man vergeblich mit einer Mischung aus Gardenal und kalten Duschen zu beruhigen versuchte, nichts zu machen, schreckliche Ausbrüche, sie zerkratzte sich die Pobacken, wälzte sich auf dem Boden, brüllte und biss die Zähne so fest aufeinander, dass der Zahnschmelz zerbrach, schaukelte stundenlang auf der Sofalehne im Wohnzimmer; wenn die Cousine ihre Lieblingsplatte auflegte, die Geschichte vom Gestiefelten Kater, und während sich Hélène die Traurigkeit des Müllers vorstellte, dem der Vater bei seinem Tod nur einen Kater hinterließ, schaukelte sie vor und zurück, immer schneller, ihr Geschlecht öffnete sich wie eine Blüte, verhieß ihr neue, bald schon vertraute und sehr schnell alltägliche Empfindungen. Sie hatte die Sofalehne abgenutzt. Immer wieder. Die Cousine schenkte ihr ein wunderbares Schaukelpferd aus bemaltem Holz, lackiert, mit Steigbügeln, braunen Zügeln und einer eisernen Trense, ein Traum, und von da an brauchte sie ihre Lieblingsplatte nicht mehr, um zu schaukeln, sie musste nur sagen, dass sie mit ihrem Schaukelpferd spielte und sich tausend Geschichten von Prinzessinnen ausdachte, aber sie dachte sich nichts aus, sondern masturbierte einfach wie alle kleinen Mädchen, dann hatte die Cousine gedacht, sie wolle unbedingt reiten, und ihr ein echtes Pony geschenkt, und auf dem Sattel des Ponys, auf dem quietschenden Leder oder direkt auf dem verschwitzten Fell des kleinen Pferdes war es noch viel besser.

Hélène schniefte, das Gesicht voll Tränen und Rotz, die Haare klebten ihr an den Wangen, sie schnäuzte sich in die dicken Laken, Pech für das Zimmermädchen, egal, was man von ihr denken würde, sie pflegte keine elegante Verzweiflung und hatte nicht die Kraft, sich aufzurichten, in diesem feindlichen Zimmer zu stehen, im brutalen Licht ins Bad zurückzugehen, sie erschauerte schon bei dem Gedanken daran, sie hatte Durst, schrecklichen Durst, und streckte eine Hand unter der Decke hervor, um das Licht anzuschalten, die Entfernung zwischen ihrem Bett und der Minibar abzuschätzen.

Und das Zimmer tauchte auf. Die grausame Anonymität, die lastende Stille, die schlecht gerahmte Reproduktion, der leere Schrank, die weiße Gardine, an der Staub haftete. Mit ihren Schwestern spielte sie ganze Nachmittage lang mit den weißen Wohnzimmergardinen Verkleiden, spielte Braut, das untere Ende des Vorhangs auf dem Haar, die Prozession ging nicht sehr weit, zwei Schritte, und man war am Altar angelangt, aber man fühlte sich hübsch mit dem Vorhang auf dem Kopf und der kleinen Schleppe hinter sich, eine Schwester spielte den Priester, eine andere die Brautmutter, kein Bruder spielte den Bräutigam, das waren Mädchenspiele, und es war sowieso besser sich vorzustellen, dass man bei jeder Gelegenheit »Ja« sagen konnte, ohne den Vorhang loszulassen.

Sie hörte ein Motorgeräusch, zwei zuknallende Autotüren, Stimmen, Absätze auf dem Asphalt, den sich entfernenden Motor. Die große Stille.

Es war unglaublich. Sie schliefen nicht alle, es war gar nicht so spät, der Ehrenwerte John legte auf der Tanzfläche gerade erst richtig los, die Biografin von Elvis Presley übergab sich vielleicht in ihre Astrakankappe ... wenn nicht gerade sie es waren, diese Stimmen und die Absätze in der Nacht, sie waren früher als die anderen zurückgekommen, hatten vor den anderen ihre Müdigkeit zuzugeben gewagt, eine Schwäche, die den obligatorischen Schwung und die gute Laune trübte, warum gute Laune spielen, wenn sie doch so viele waren?

Sie dagegen war allein. Und weil ihr Handy ausgeschaltet war, konnte sie nirgends die Zeit ablesen, sie trug niemals eine Uhr, band nichts um ihre Handgelenke oder ihren Hals, nichts war an sie gebunden.

Sie war allein, und die tiefe Dunkelheit der Nacht passte nicht zu dem, was sie sich vorstellte, sie hatte das Gefühl, seit Stunden in diesem Zimmer zu sein, den Eindruck, dass die Freude bei dem Gedanken, Patrick anzurufen, aus einer anderen Zeit stammte, von einer anderen Sie. Ja, in dieser ausgebreiteten Nacht war sie schon jemand anders. War die, die zu verstehen begann. Die es kaum wagte und trotzdem weiterging, das neue Gewicht der Lügen, die allein gelebte Liebe, ihre einsame Leidenschaft, so viele Erinnerungen entdeckte, Funken, Strahlen des Glücks, verwandelt in Beton in ihrem Bauch.

Die Minibar war einen Meter vom Bett entfernt, das Zimmer war klein, alles war nah, aber zwischen der Minibar und ihr war ein kalter Raum, und schon als sie nur den Kopf, nur die Hand unter der Decke hervorgestreckt hatte, um das Licht anzuschalten, hatte sie die Aggressivität dieser Kälte gespürt, die sie vor dem Bett erwartete, um ihr den Weg zu versperren.

Sie verzichtete.

Warum war nur ein einziges Taxi gekommen? Warum kamen nicht alle zusammen zurück? War es auch nur ein Trugbild, dass sie sich die anderen als Gemeinschaft, zufrieden und in Paaren vorstellte? Sie bildete sich ein, dass sie den ganzen Abend aufmerksam und liebenswürdig gelächelt hatte, aber was hatten die anderen gedacht? Vielleicht, dass sie farblos war, unbedeutend, altjüngferlich, verklemmt? Vielleicht erinnerten sie sich nicht mal, dass sie an ihrem Tisch gesessen, mit ihnen Gänseleber in Aspik und Erdbeercharlotte gegessen hatte. Und selbst wenn sie sich an diesem Abend noch an sie erinnerten, würden sie sie morgen auf jeden Fall vergessen haben. Und nicht nur sie, sondern alle, alle würden einander vergessen, das waren überflüssige Mahlzeiten, unnütze Abende, die sich in kein einziges Leben eingruben, man verbrachte die Zeit damit, die Zeit zu vergeuden, und wozu das alles? Um eines Tages der Wahrheit zu begegnen und sie wie einen Stein in seinem Bauch zu verankern.

Die Jagdszene hing schief. Sie neigte sich bedrohlich nach rechts, und die Hirschkuh schien den Fluss hinaufzurennen.

Als kleines Mädchen hatte sie im großen Bett der Cousine stundenlang auf die rosarote Toile-de-Jouy am Kopfende geschaut, abends und morgens hatte sie die Schäferinnen auf dem bedruckten Stoff zum Leben erweckt, die mit einem kleinen Korb und einem Hündchen zu ihren Füßen auf einem Stein saßen, und die Marquis, die sich zu ihnen neigten, auch sie elegant und rosig, ein Fuß auf dem Stein, das Bein graziös angewinkelt und der Schuh mit Bändern verziert. Sie brachte sie immer wieder zum Sprechen, jeden Morgen und jeden Abend hatten sie sich neue Dinge zu sagen, wurden einander niemals überdrüssig, wollten immer mehr, jeden Tag, als hörten sie die Worte zum ersten Mal, und wenn ihr das Dienstmädchen das Frühstück ans Bett brachte, kehrte Hélène aus der Welt des Traums in eine seltsame Wirklichkeit zurück, eine Wirklichkeit des Andersseins, alles war anders als zu Hause, aber das schockierte sie nicht, die Welt war eben geteilt: hier die Reichen, da die Armen – und sie mittendrin, um die Reichtümer ein wenig umzuverteilen, das war die Ordnung der Welt, und bis zur Pubertät hatte sie diese verquere Ordnung nicht gestört.

Was tat er jetzt, wo er aufgehört hatte zu lachen, dieser Scheißkerl, der sie nie geliebt hatte? Hatte ihn seine Frau im Nebenzimmer lachen gehört? Warum eigentlich im Nebenzimmer? Weil es anders unvorstellbar war? Weil er gesagt hatte, dass sie seit zehn Jahren, seit der Geburt des letzten Kindes, in getrennten Zimmern schliefen? Getrennte Zimmer, aber gemeinsames Haus, was soll das bedeuten? Getrennte Betten, aber die Sachen vermischt in der Küche, im Bad, die Wimperntusche von Madame, das Aftershave von Monsieur, die ganze Hugo-Boss-Palette, die sie ihm vor seiner Reise nach Belgien gekauft hatte, weil er die Rolle eines Arbeiters aus dem Norden spielen würde, sie hatte ein Vermögen ausgegeben, Seife, Duschgel, Shampoo, Aftershave, Parfum, ein Vermögen in der schönen Schatulle, weil sie dachte, dass er nach jedem Drehtag von Kopf bis Fuß schwarz sein würde, das Gesicht voller Kohlenruß wie bei Zola, und er hatte gelacht und gesagt, es sei Stahl, keine Kohle, außerdem sei es ein Film und nicht die Wirklichkeit.

Das war die Wirklichkeit: Er hatte gelacht, als sie erzählte, dass Isaac davon gesprochen habe, für sie seine Frau zu verlassen, aber Isaac dachte gar nicht daran, das war eine Phrase, geradezu eine Höflichkeitsfloskel in dieser skrupellosen Welt, auch eine Art, seine Unabhängigkeit zur Schau zu stellen, alles war Leichtigkeit, die Paare bleiben zusammen und gewähren sich jede Freiheit, für sie dagegen waren sie wie aneinandergekettet, da konnten die Männer noch so schön den Jüngling, den Gentleman, den Liebhaber spielen, Nichtaltern spielen, Rendezvous, Trennung, Wiedersehen spielen, Champagner, ein Wochenende im Touquet, ein Zimmer in Venedig schenken, sie waren erstarrt, platzten vor Schiss bei der Vorstellung, ihr Schicksal wieder in die Hand zu nehmen, nicht mehr unter Verantwortung und Erpressung zusammenzubrechen: die Frau, die nicht arbeitet, die Kinder, die heranwachsen, das abzuzahlende Haus, die Steuern, die Bank, diese ganze kleine Welt, in der sich Geld und Gefühle fröhlich mischten »Ich kann es mir nicht leisten, wegzugehen, mein Schatz, meine Frau verlangt so viel, mein Schatz, ich habe einen Termin bei meinem Steuerberater, sag mir, dass du mich liebst, ich habe so viele Schulden, ich habe Lust auf dich, ich habe immer Lust auf dich, mein Schatz, sie war bei einem Anwalt, der Unterhalt ist mehr, als ich zahlen kann, ich liebe es, deine Zähne zu küssen, doch, doch, ich küsse deine Zähne, weil du immer lächelst, wenn ich dich küsse, mein ältester Sohn ist ganz verstört wegen dieser

Geschichten, miserables Zeugnis, Nachhilfestunden, ich kann dir sagen, ein Vermögen, ich ... oh ... mein Schatz, mein Schatz!«

Und wenn schon, sie würde zur Minibar gehen und trinken, nicht nur, weil sie Durst hatte, sondern auch, weil sie jetzt wollte, dass die Kälte sie packte, sie ohrfeigte, in eine andere Wirklichkeit zurückbrachte, in die dieses Hotels, in dem nicht alle neben ihren ausgeschalteten Handys weinten, manche putzten sich die Zähne, manche sahen fern, machten ihre Abrechnung, liebten sich, hatten Alpträume in Farbe, sahen im Traum die Zukunft, jeder ging seinen eigenen kleinen Geschäften nach, und es gab keinen Grund, weshalb sie mehr als die anderen leiden, weshalb sie in Schweigen verfallen sollte.

Das eisige Wasser tat ihren Zähnen weh.

Zahnweh, Bauchweh. Herzweh.

Sie konnte auf dem Bett sitzend die Minibar öffnen.

Kopfweh. Brennende Augen.

Sie konnte die Vorhänge beiseiteschieben, ohne aufzustehen.

Draußen die kleinen fahlen Lichter der Auffahrt und am Ende des Wegs plötzlich finstere Nacht, abrupt wie ein Abgrund, wie viele Hirschkühe waren heute gefallen? Drosseln. Fasane. Tauben. Was jagt man in der Sologne? Welche Braten liegen in den Tiefkühltruhen, den Kühlräumen, Stolz der Taxifahrer, die Gewehre im Kofferraum des Mercedes und die Lappen, die Madame ihnen mitgibt, damit der Kofferraum nicht schmutzig wird. »Zieh die Stiefel aus, bevor du reinkommst. André! Mach ein Foto von deinem Vater, komm doch mal her! Ich habe gesagt, du sollst die Stiefel ausziehen!«

Die erste Scham ihrer Kindheit, die erste echte Scham, diffus, langsam, ein Schamgefühl, das in den Augen brennt und den Kopf niederdrückt, sie sitzt auf der Rückbank des Mercedes, sie weiß nicht mehr, welcher es war, die Cousine wechselte so oft, aber immer schwarz, das war vornehmer, immer neue Kinkerlitzchen am Armaturenbrett, auf die ihr Mann so stolz war; aber an diesem Tag fährt nicht der Mann, sondern der Chauffeur. Sie sitzt hinten, er trägt weder Mütze noch Uniform, das würde nach neureich aussehen, hellbraunes Leder, bearbeitetes, gegerbtes Leder auf den Sitzen und der riesigen Armlehne, diese Armlehne fasziniert sie, so viel verschwendeter Platz … (Im Auto ihres Vaters sind sie so viele, die Kleineren auf dem Schoß der Größeren, die Größeren dicht aneinandergepresst, und der ewige Witz des Vaters, wenn sie an der Ampel stehen und die Leute in den Autos neben ihnen sie immer wieder zu zählen versuchen, der Vater dreht seine Scheibe runter und sagt zu ihnen: »Dabei haben wir die Zwillinge zu Hause gelassen!«, dann dreht er die Scheibe wieder hoch und sagt zur Mutter: »Das stimmt, ich hätte gern Zwillinge!«). Aber im Mercedes der Cousine diese riesige Armlehne zwischen den beiden Hintersitzen, Platz für drei Geschwister, mindestens … und plötzlich die Scham. Die Scham an diesem Tag in der Straße, an der gearbeitet wird. Der schwarze Mercedes, das einzige Auto in der Straße. Steckt fest. Und der arabische Arbeiter, seine großen, abgearbeiteten Hände an der Schaufel, und die Scheibe des Chauffeurs, die langsam, elegant heruntergleitet, und ohne Vorwarnung, ohne Vorspiel die Beschimpfungen, das Geschrei des Chauffeurs, damit der Arbeiter Platz macht. Und der Arbeiter macht Platz. Sofort. Schweigend. Er räumt sich zur Seite, und der Mercedes fährt an ihm vorbei, in Zeitlupe, das gedämpfte Geräusch der Räder auf dem lockeren Schotter, und Hélène sieht den Blick des Arbeiters auf sich ruhen, ohne Hass, ohne Auflehnung, ohne Gefühl. Eine Ruhe, eine Resignation, die nichts verlangt, obwohl sie ihm doch sagen möchte, dass sie in diesem Auto nichts zu suchen hat, sie ist nicht reich, sie ist nur ein Fahrgast, ein Fährgast des Geldes.

Aber der Mercedes ist vorbeigefahren.

Der Arbeiter wird niemals die Wahrheit erfahren.

Zu spät.

Patricks Lachen bedeutete das Irreparable.

Hélène schloss die Augen. Ein letztes Mal erinnern. Ein letztes Mal verschmelzen. In Gedanken streichelte sie den Körper des Geliebten, von den Zehen bis zum Scheitel, jede Parzelle seines göttlichen Körpers, Füße, Beine, Geschlecht, Bauch, Schultern, Arme, Hände, das wunderbare Gesicht, ihre Lippen auf den geschlossenen Lidern, ihre Finger auf den geschwungenen Brauen, ihre Zunge an seiner Zunge, ihre Wange an seiner Wange, ihre Zuflucht, ihre Liebe, ihr Geliebter, der sie mit ihrer Inbrunst, ihrem Kummer, ihren Ausbrüchen, ihren Fehlern genommen hatte, der ihr früheres Leben, ihr Chaos, ihre Fehler akzeptiert hatte, ihr Geliebter seit Urzeiten, ihre gestohlenen, ihre verhohlenen Küsse, auf Zehenspitzen, von den Fingerspitzen, die schüchternen Küsse der Vergebung, die wortlosen Küsse des Morgenkaffees, die riskanten Küsse im Auto, auf den Fußgängerübergängen, die tiefgründigen Küsse neu aufflammender Leidenschaft, all das nie mehr, diese Liebe am helllichten Tag, nie mehr ihre Küsse am helllichten Tag, nicht mal mehr ihre Küsse in der Nacht, er in ihr, auf ihr, die langsamen Bewegungen seiner Hüften und ihre warmen Lippen, die gehauchten Küsse und die kleinen Seufzer, langsam, regelmäßig, nie mehr die Vielfalt der Umarmungen, die unendliche Palette ihrer Umarmungen, die gemeinsame Müdigkeit, das Verlangen, die Faulheit, die Lust in diesen Armen, nie mehr.

Es war vorbei.

Es würde vorbeigehen.

Hélène sah auf die weiße, ungerührte Wand vor sich, Gleichgültigkeit einer Wand, die niemandem gehört, kein Foto, kein Spiegel, man konnte sich in diesem Zimmer nicht wiedererkennen, konnte in diesem Zimmer nicht träumen, höchstens dem Leben ins Gesicht sehen: Der Mann ihres Lebens hatte sie nicht erwählt, der Mann ihres Lebens hatte ein anderes Leben, erfüllter, teurer, ein Leben als Patriarch, als schuldiger Ehemann, als Ehemann mit Scheckkarte, aber er täuschte sich.

Er gehörte ihr!

Allzu sehr hatten sie Tage und Nächte vermischt, die Finsternis bekämpft, Handfläche an Handfläche geschweißt, das Blut am Blut des anderen erwärmt, das befleckte Blut in ihr durch sein Geschlecht gereinigt und versöhnt, dieser Mann war in ihr, und sie allein wusste es.

Und auf der weißen, makellosen Wand mischte sich das vergossene Blut: das erste Blut ihrer Mutter, die so oft entbunden hatte, das leichte Blut des Vaters, die so oft erzählte Geschichte, die peinliche Szene, über die er lachte.

Er war jung damals, er kannte sich nicht aus, und die Cousine hatte ihn einer Freundin vorgestellt, eine Freundin mit Reichenhänden, mit Händen, die aus den Juwelierläden der Place Vendôme kamen, diesen Läden, die Hélène gut kannte und deren Türen sich zu ihrem großen Erstaunen von selbst auftaten.

Auf die reichen Hände der Freundin hatte ihr Vater aus der Nase geblutet. Die Cousine hatte ihn nicht gewarnt, dass ein Handkuss eine Geste ist, keine Tat: Man nähert sich, man berührt nicht, man verbeugt sich, das reicht aus. Aber er ging geradewegs drauf los, und die Diamanten verletzten ihn an der Nase.

Geld hat keinen Geruch.

Geldwunden sind nicht tödlich.

Die Wunde war schnell vernarbt, ihr Vater hatte immer riesige, zu Kugeln gerollte Taschentücher dabei, er hatte sie wohl an seine Nase gedrückt und um Verzeihung gebeten, um Vergebung der reichen Dame, die er womöglich beschmutzt hatte, Pardon, Madame, verzeihen Sie mir.

Das Blut des Vaters auf der weißen Hand, der müßigen, niemals abgearbeiteten, immer manikürten Hand, Pardon, Madame, verzeihen Sie mir; die Hände des Vaters, die Häuser bauten, in denen er niemals wohnen würde, aber auf die er so stolz war, verzeihen Sie mir, er zeigte sie seinen Kindern beim Sonntagsspaziergang, man sah, wie sich die Gestalten hinter den Fenstern bewegten, und der Vater sagte: »Das sind glückliche Menschen«, weil er dachte, Beisammensein bedeute Glücklichsein, Hélène wusste, dass Beisammensein Unglück bedeuten kann, Hélène wusste, dass ein Mann seine Frau beschimpfen und sie dabei siezen kann, seine Frau beschimpfen, indem er sie siezt, die Reichen haben eine höfliche Verachtung, pardon, Madame, verzeihen Sie mir.

Das sind Hände, die man in den Safe legt, Papa, die man schätzen und versichern lässt, Millionen, die sich nicht an den Fingern einer Hand abzählen lassen, sondern an vier, an zehn, entschuldige dich nicht, das sind Hände, die einen zerkratzen, und ich habe sie immer verwechselt.

Hélène verlor sich in den großen Kaufhäusern, in die sie mit der Cousine ging. Verirrte sich, ohne sich zu verlaufen. Sie irrte sich einfach. Griff nach Händen, einfach so, zufällig, nach Frauenhänden in den Abteilungen Parfümerie, Küche, Wäsche, Vorhänge, und weder sie noch die zufällig ergriffene Frau merkten es sofort.

Also dauerte es. An der Hand einer Unbekannten spazierte sie durch die Regalreihen: die Dicke der Badetücher, der unleserliche Preis einer schlichten Wasserkaraffe, Eiswürfel, die nicht schmelzen, Messerhalter, Champagnerkübel, Tellerwärmer, Hochzeitslisten, Geschenkideen, man verkaufte Dinge, die ganz sicher nur in Paris Verwendung fanden, man hatte nicht die gleichen Häuser, die gleichen Freunde, man aß nicht die gleichen Speisen wie in Perpignan, und sogar das Brot war anders (»Pariser Baguette!«, sagte ihre Mutter, und es klang wie eine verbotene Leckerei), aber nach einer Weile sah Hélène jedes Mal die Cousine auftauchen: »Hélène! Da bist du ja!« Dann hob Hélène den Kopf, sah erstaunt die Cousine an, dann ihre Hand in der Hand der Unbekannten, die beiden Frauen sagten: »Oh, pardon! Keine Ursache! Auf Wiedersehen. Auf Wiedersehen, Madame!«, und sie wechselte von der Hand der Unbekannten an die Hand der Cousine, die sagte »Ich dachte, ich hätte dich verloren«, aber nicht besonders betroffen war und ihre Besorgungen fortsetzte, sie hatte die Marotte, alles in mehreren Exemplaren zu kaufen: sechs Bilderrahmen, drei

Vasen, zwei Schreibtischlampen und Hemden! Vier! Vier Hemden an einem Tag, vier Geschenke an einem Tag für denselben Empfänger, der nicht mal Namenstag oder Geburtstag hatte – für Geburtstage ging man zu Christian Dior, die Cousine sagte: »Ich weiß nicht, was ich ihm kaufen soll, er hat schon alles, über Christian Dior freut man sich immer.« Und wenn sie einer Freundin ein Geschenk gab, sagte sie jedes Mal, während sie es überreichte: »Ich hoffe, du hast es noch nicht«, und sie hatte eine gute Intuition, denn oft hatte die Freundin es schon, sogar Christian Dior, also musste man seine Gewohnheiten ändern und zu Yves Saint Laurent gehen.

Das Blut des Vaters auf den reinen Diamanten. Der Schweiß des Vaters, um drei Francs und sechs Sous zu verdienen. Die Tränen der Mutter zum Schulbeginn wegen der Karies des einen, der Kurzsichtigkeit des anderen … und Hélènes Koffer.

Perpignan Paris

Perpignan Orly

Wiedersehen mit der Schäferin auf dem bedruckten Stoff am Kopfende, die lächelnd darauf wartet, dass der kleine Marquis ihr den Ring an den Finger steckt, um sie endlich aus dem Elend zu holen.

Perpignan Paris

Perpignan Orly

Wiedersehen mit dem Schaukelpferd, den Spielsachen und den sündigen Empfindungen.

Perpignan Orly

Damals wurden die Flugtickets an Bord kontrolliert, man

musste sie bei der Stewardess vorzeigen, die sich wie ein kleiner Marquis verbeugte, und Hélène reichte ihr von der Höhe ihrer drei Jahre herab immer die richtigen Papiere, da lächelte die Stewardess und sagte: »Sehr gut, du irrst dich nicht«, und Hélène antwortete: »Nein, Madame, ich irre mich nie.«

Perpignan Orly

Die Stewardess sah so nett und hübsch aus, Hélène sagte: »Wenn ich groß bin, werde ich Stewardess«, und der Cousin hatte protestiert: »Stewardessen sind Dienstmädchen«, und er wusste, wovon er sprach, denn er verbrachte sein Leben auf Flughäfen, immer die Zeitverschiebungen, der zollfreie Whisky und die Zigarettenstangen, Stewardessen waren wie Dienstmädchen, Hélène hatte Dienstmädchenträume.

Irgendwelche Leute stritten sich auf dem Gang. Hélène verstand nichts, hörte die Wut, den unterdrückten Ärger, die Beherrschung, die kultivierte Verzweiflung, man brüllt nicht in der Öffentlichkeit, man lässt es nicht alle im Hotel hören, Verpiss dich! Was? Wiederhol das noch mal! Was hast du da gesagt? Armes Schwein! Ich warne dich, das ist das letzte Mal! Du hast es gewagt! Das hast du dich getraut? Ich hatte dich gewarnt, Pech gehabt! Lass mich los! Lass mich los, sage ich!

Nein, also wirklich …

Nein, also wirklich, jeder sein Leben mit seinen Päckchen von verborgenen Tränen überall im Körper. Manchmal weint man. Manchmal fällt man. Manchmal Krebs. Depression. Schwer zu sagen, wann das Päckchen explodieren wird. Der Mann ihres Lebens hatte so laut gelacht, das Echo seines Lachens hatte den schlafenden Kummer geweckt, jedes Lachen seit der Kindheit, die Verachtung, die bösen Überraschungen, die Herablassung, das Schulterzucken, die angewiderte Miene. Was? Diese Frau? Wie viel? Wie viel zahlst du für diese Frau?

Für Patrick hätte sie alles gegeben. Er sagte zu ihr: »Du bist eine schöne Geliebte«, sie antwortete, das sei noch gar nichts, wenn er mit ihr käme, richtig, ganz und gar mit ihr, dann würde er sehen, wie sie ihn lieben würde, sie fühlte sich wie ein gefesseltes Tier und wollte doch mit ihm rennen, es war so groß, es gehörte ihnen, sie würden staunen über so viel Glück, es würde ihnen den Atem rauben, das Glück des Lebens zu zweit, es war möglich, das wusste sie jetzt, jetzt, wo sie erlebte, dass sie zum ersten Mal verliebt war, er war ihre erste Liebe, so viele Liebhaber vor ihm, Illusion eines Paares, zusammensein, ohne etwas zu stören, ein unbewegliches, braves Leben, Rendezvous, zerwühlte Betten, und trotzdem zerreißt der Himmel nie.

Aber Patrick, ihre erste Liebe, ihre schönste Liebesgeschichte, das Lachen des Mannes ihres Lebens, sein Lachen über Arsenal, Île Saint-Louis, Eglise Saint Gervais, Sélect, sein Lachen über die Boote, von denen sie geträumt hatten, die Ufer unter dem Pont Marie, die kleine Bank neben der Weide, das schräge Licht, über die kleine Schwester Jesu, die das Gewölbe fegte, den Whisky ohne Eis und die Austern, die er ihr zubereitet; er hatte über ihre Orte gelacht, er hatte ihre Schritte in Paris ausgelöscht, er hatte ihre Liebesgesten vergessen, sie hatten nackt aneinandergeschmiegt im Badezimmer getanzt, er hatte sie auf seinem Schoß gewiegt wie ein Kind, ihr Kopf an seinem Hals, er hatte sie in seinen Armen getragen und vor Glück herumgewirbelt, er hatte sie massiert, er hatte sie geleckt, er hatte sie ausgezogen, er hatte sie getröstet, er hatte sie gebeten zu singen, an ihn gekuschelt, in der Dunkelheit, sie hatten ihre Taufmedaillons und ihren Glauben ausgetauscht, er hatte mit ihr ihre neuen Kleider ausgesucht, sie hatte für ihn Gemälde gekauft, Ateliers entdeckt, unbekannte Künstler, die von ihnen sprachen, denn das Leben sah man durch sie, sie waren auf der Welt, und die Welt hatte sich auf sie vorbereitet.

Er hatte darüber gelacht.

Unmöglich, es rückgängig zu machen, die Grausamkeit auszulöschen. Unmöglich, die ins Herz gebohrte Lanze herauszuziehen, ohne es zu zerfetzen.

Ein Schrei, lauter, schriller als die anderen. Eine knallende Tür. Ende des Paares auf dem Gang.

Wieder Stille, die große Stille, in die man alles hineindeuten kann, unruhige Schlaflosigkeit, Urängste, feuchte Höhlen, erloschenes Feuer, lauernde Raubtiere.

Manchmal ist die Liebe ein Köder. Manchmal trägt uns die Freude fort und kehrt doch beschmutzt und schändlich zu uns zurück.

Hélène erinnert sich an ihre Freude als Kind, am Strand von Trouville. Das Haus der Cousine liegt über dem Strand, die Fensterfront und die große Terrasse öffnen sich zum Meer, die Leute, die abends auf dem Deich spazieren gehen, blicken neidvoll auf das reiche Haus, regloser Ozeandampfer über den Köpfen.

Es ist ganz früh am Nachmittag, im Herbst. Das Licht ist blass, die Nacht bricht früh herein, kaum spaziert man durch den Tag, versinkt die Sonne schon im Meer, und der Tag in seiner Vergänglichkeit hat etwas Gezwungenes – ein eher ungelegener Gast, der sich früh zurückzieht.

Hélène läuft gern allein mit dem Hund über den Strand. Sie hat immer Angst, wenn Ebbe ist, aber sie mag diese Angst, der Feind ist nah, die wütenden Wogen schwellen hinter dem Horizont, bald kommt der Sturmangriff, die wilde Attacke, und wenn Hélène als Herausforderung, aus dummem Mut beschließen würde, ihm entgegenzugehen, wäre es vorbei. Sie würde das Schwarz der Algen, das Schwarz der Tiefe, die brodelnde Stille in den Ohren, das Salzwasser im Bauch und unter ihrer faltigen Haut kennenlernen, sie wäre verloren, es wäre ein Drama, die beiden Cousinen würden sich gegenseitig mit Vorwürfen überhäufen, und ihr Vater würde weit schwimmen, so lange, wie nur er es kann, ihr Vater würde sie wiederfinden, sie zurückbringen, sie behalten. Für alle Zeit. Im zu kleinen Haus.

An diesem Nachmittag ist die Flut noch fern, und der Hund hat angefangen, inbrünstig an einer Stelle zu scharren, wo ein im Sand steckendes Messer kleine Blasen aufsteigen lässt. Hélène spielt mit ihm, mal sehen, wer schneller scharrt, und sie bellt auch, sie bellt oft, heimlich natürlich, und an diesem Tag ist der Strand menschenleer. (Weil sich die Hunde so verständigen, hat sie sich gedacht, dass es keinen Grund gibt, warum sie sie nicht verstehen sollten, wenn sie aus ganzer Seele ihre aufrichtigen, dringenden Gedanken herausbellt.)

Sie haben lange gebellt und gescharrt, von den kleinen Bläschen ist Hélène zum Bau von Festungsmauern übergegangen, dann zur Errichtung einer Sandburg, die sie gleich danach eifrig niedergetrampelt hat, sie sind glücklich und sorglos an diesem Strand, an diesem Nachmittag, der Hund und sie. Hélène ist sehr stolz, als sie nach Hause kommt, ihre Mutter wäre bestimmt zufrieden, dass sie so lange Luft geschnappt hat, ihre Mutter legt großen Wert darauf, dass die Kinder Luft schnappen, und Hélène hört diesen Satz sehr gern, er bedeutet, dass die Welt trotz allem auch ein bisschen ihnen gehört, auch wenn man so arm wie eine Kirchenmaus ist, hat man doch das Recht, sich etwas davon zu schnappen, wie die anderen etwas Luft zu schnappen.

Die Cousine ist zu Hause. Oben. In der oberen Etage mit den Schlafzimmern. Sie ist immer nett, immer aufmerksam, es gefällt ihr sehr, dieses Kind bei sich zu haben, aber an diesem Tag im Flur vor den Schlafzimmern der oberen Etage brüllt sie. Hélène hört, wie sie sie anschreit, und sie sieht zu dem Fenster ganz am Ende des Flurs, dem Fenster nach draußen, zum kleinen Weg, der zum Strand führt, und das Fenster sagt ihr, dass sie woanders sein könnte und nicht dieses Geschrei hören würde, sie könnte jemand anderes sein und nicht so leiden, sie könnte größer sein und mehr Platz haben, um all ihren Kummer darin unterzubringen, und die Cousine brüllt immer weiter.

Und das musste sie natürlich der Mutter erzählen. Später. Orly Perpignan.

Und während Hélène bloß eine Dummheit zu erzählen glaubte, wegen der die Cousine mit ihr geschimpft hatte, hatte sie ein Drama ausgelöst.

»Erzähl mir noch mal, was passiert ist, los, erzähl es mir noch mal, Hélène, ganz genau.«

»Ich bin mit meinen neuen Schuhen über den nassen Sand gelaufen.«

»Ich weiß, ich weiß, aber was hat sie da gesagt?«

»Sie hat gesagt, es ist eine Schande.«

»Schande? Sie hat Schande gesagt?«

»Ja, ich glaube.«

»Und dann?«

»Dass es echtes Leder ist.«

»Aber danach, was hat sie danach gesagt?«

»...«

»Hat sie nicht gesagt: ›Haltet ihr mich vielleicht für die Bank von Frankreich?‹«

An diesen Satz würde sich Hélène ihr Leben lang erinnern. Die Panik der Mutter. Der Name »Bank von Frankreich«, den sie zum ersten Mal hörte und trotzdem verstand, sie verstand alles, das war zu viel Geld für ein Kind wie sie, vielleicht könnte sich die Cousine ein anderes aus der Geschwisterschar aussuchen, es gab noch zwei Schwestern nach ihr und auch einen Bruder, Hélène würde ihnen Ratschläge geben und Anweisungen, würde ihnen dieses blöde Zeug erklären, das »Leder« hieß. Das Wort »Demütigung« würde sie ihnen nicht übermitteln können, das war ein unbestimmtes Gefühl, ein kleines Unbehagen, ein Stich ins Herz, der dich niemals ganz verlässt.

Wie viel zahlst du für diese Frau?

Hélène konnte niemals rechnen. Keiner Rechnung auf den Grund gehen, keinen Kontoauszug zu Ende lesen, sie hatte einen Buchhalter, der fast alles machte, und eine Bankangestellte, deren Liebenswürdigkeit ihr sagte, dass sie eine gute Kundin war. Es ging. Sie kam klar. Allein. Ohne Ehemann. Ohne Cousine. Ohne Vormund. Ganz allein. Und wenn sie jetzt ihren Schmerz hinausgeheult hätte, ihren Schmerz seit fünfunddreißig Jahren, hier, in diesem Hotel, hätten die Hunde sie bestimmt verstanden.

SIE ERINNERT SICH an diesen Morgen, den letzten Morgen des Geliebten. Die letzte Verletzung, nicht schlimmer, nicht schrecklicher als die anderen, aber unerträglich, als sie sich sagte: Das kann nicht sein, das erlebe ich nicht gerade in diesem Moment, ich irre mich, das ist eine Täuschung, ein übler Scherz. Als sie sich sagte: Wenn er das wirklich tut … Wenn er wirklich dabei ist, sich anzuziehen, ohne mit mir zu sprechen, sich eilig anzuziehen, ohne wenigstens im Bad gewesen zu sein, wenn er mein Bett wirklich ohne ein Wort verlässt, ohne den Morgenkaffee mit mir zu trinken …

Aber sie kannte ihn so genau, kannte ihn so gut, sie konnte noch so sehr tun, als würde sie schlafen, um nicht die Augen öffnen, nicht der Feigheit ins Gesicht sehen zu müssen, sie wusste, dass er sich schneller bewegte als üblich, und je tiefer sie den Kopf im Kopfkissen vergrub, desto deutlicher sah sie ihn: den hastig zugeschnallten Gürtel, die eilig in die Tasche gesteckten Schlüssel, die im Stehen angezogenen Schuhe, und als er sich neben sie kniete, um ihr auf Wiedersehen zu sagen, hatte sie innerlich gefleht: Tu das nicht! Geh nicht ohne ein Wort, eine Aufmerksamkeit, einen gemeinsamen Moment. Verlass mich nicht, wie man eine Gelegenheitsliebe verlässt, tu es nicht, du musst merken, das ich nicht schlafe, spüre es, geh nicht! Aber da er ebenso taub wie feige war, hatte er »Ich geh jetzt« gemurmelt. Und sie, wie erstarrt, ein riesiger, plötzlich im Eis gefangener Körper, sie, deren Herz zu versagen drohte, weil sie ihn so sehr liebte, sie hatte ihm noch geholfen, hatte mit gespielt schlaftrunkener Stimme gefragt: »Willst du keinen Kaffee?«

Aber sie hatte gehört, wie die Eingangstür zuschlug, und sie war aufgesprungen, als hätte sie das Knallen der Tür aus dem Bett geschleudert. Ihrem gemeinsamen Bett. Sie hatten sich in der Nacht mehrmals geliebt. Und er war gegangen. Sie hatte ihn ohne Scham geliebt. Sie hatte sich verliebt, großzügig, vertraut, verführerisch gezeigt. Und er war gegangen. Eilig. Er hatte es eilig. Eilig weshalb? Wie kann man so schnell von einem Leben in das andere wechseln, von einer Frau zur anderen, von einem Haus zum anderen? Zum Verrücktwerden, dieser Mann, der zwischen zwei Ufern hin und her rannte, den Fluss überquerte und wieder zurückkam, von einer Seite zur anderen, ohne irgendwo anzuhalten, ohne jemals anzuhalten. Alles tat ihm weh, der Bauch, der Kopf, die Nieren, eine Krankheit jagte die andere, und immer rannte er und fühlte sich vielleicht nur wohl, wenn er die Kostüme anderer anzog, um im Theater oder im Kino zu spielen, die Epoche und das Licht zu wechseln, mit auswendig gelernten Repliken, festgelegten Orten und Vorgaben: »Lächeln! Sehr gut. Etwas direkter in die Kamera sehen … Ja … Ein bisschen weniger lächeln … Genau. Ja, so ist das Lächeln sehr gut, wir wiederholen!«

»War es gut? Fandest du mich gut?«

Ja, ja, ich fand dich gut. Den Bart sehr gut. Das Kostüm sehr gut. Das Lächeln sehr gut. Sehr gut fotografiert, sehr gutes Licht, sehr schöne Szene, sehr einträglich.

Sehr, sehr einträglich.

Und dieser Morgen, ohne ein Wort, ohne Zärtlichkeit, der Morgen vor zehn Tagen war der letzte gewesen. Er würde nicht mehr von einer Frau zur anderen, von einem Haus zum anderen rennen müssen. Hélène hatte verloren, sie beschloss zu verlieren. Ich verdiene schließlich etwas Besseres, hatte sie sich gesagt. Ich verdiene etwas Besseres als eine gestohlene Geschichte, die Krumen einer Liebe, ich verdiene etwas Besseres als diesen Mann, der sich rühmt, mein Liebhaber zu sein, aber nicht mal Zeit für einen Kaffee hat, ich verdiene etwas Besseres als diesen Ehemann, der mich zu sich einlädt, weil seine Frau »sehr mag, was ich mache« und so großmütig ist.

Ich aber bin klein. Ich bin kleinmütig. Ich bin altmodisch. Ich kann nicht zu dritt lieben. Ich bin so klein, ich würde in deine Handfläche passen, du würdest mich überallhin mitnehmen, ohne mich zu verlieren, ich bin winzig, ich brauche nur ganz wenig, wenn du etwas früher aufgestanden wärst, nicht viel, ein paar Minuten, und in die Küche gegangen wärst, dann hätten meine Katzen etwas zu essen verlangt, während du den Kaffee gekocht hättest, und du hättest gegrummelt: »Ihr seid zu dick, sie gibt euch zu viel zu essen«, ich hätte gelächelt, ich hätte dich grummeln gehört und wäre schnell ins Bad gegangen, um mich zurechtzumachen, damit du mich etwas weniger hässlich, etwas weniger müde gesehen hättest am frühen Morgen, das hätte ein paar Minuten gedauert, nur so lange, dass du mich nicht beleidigt, nicht misshandelt hättest. Wenn man Zeit hat, sich fünfmal zu lieben, hat man auch Zeit, einen Kaffee zu kochen, die Katzen zu füttern, zu grummeln und zu sagen: »Guten Morgen, mein Schatz, hast du gut geschlafen, mein Schatz, es war so schön, mein Schatz, ich war überrascht, ich war fröhlich, ich war glücklich, ich war wieder fünfzehn in deinen Armen, es war geradezu mystisch, sag mal, glaubst du nicht, dass wir einen Moment geschwebt sind, lach nicht, einen Moment lang haben wir uns alle beide vom Bett gelöst, es ist blöd, dass du mir nicht glaubst, hier, trink deinen Kaffee, mein Schatz, ich glaube, es wird ein schöner Tag.«

Er würde nicht mehr rennen müssen. Sie behielt ihre gemeinsamen Ekstasen lieber für sich, und er sollte an seinem Platz bleiben. Dort. Erstarrt, dort. In dem Haus, das er nicht bezahlen konnte. Das er nicht verlassen konnte.

Jetzt erlebte sie eine reglose Liebesgeschichte. »Und bring mir ihr Herz in einem Kästchen!!!« Die böse Königin hatte recht. Das Herz im Kästchen war noch das Sicherste. Aber er hatte gelacht. Und sie spürte ihr Herz zerspringen, das schwarze Blut hervorsprudeln, erschreckendes Wunder. Ein Lachen zwischen Zersetzung und Auferstehung.

»Isaac hat gesagt, dass er für mich seine Frau verlassen würde.« Ihre letzten Worte. Sein erstes Lachen. »Für mich würde er seine Frau verlassen.« Sein letztes Lachen. »Seine Frau für mich.« Für mich. Seine Frau für mich …

Der Rahmen hing schief. Der winzige Fernseher hing oben in der Zimmerecke. Der Schrank war leer. Ein unvollendetes, verlassenes Puppenhaus … Zuerst hatte der Hoteldirektor

Lust gehabt, alles einzurichten, er hatte sich die Farbe der Tapeten, der Vorhänge und des Duschvorhangs überlegt, die ganze Hässlichkeit war in sich stimmig. Und die Novemberkälte in diesem Zimmer war normal. Alles war hervorragend organisiert, die Jagd war eröffnet, die Nacht war schwarz, die jährliche Buchmesse, die Hotelgäste auf der Durchreise, alles war vorgesehen und jeder hatte seinen Platz, jeder wusste, was er zu tun hatte, wann Bücher signieren, wann den Zug nehmen, wann das Zimmer aufräumen, wann zur Jagd gehen, den Frauen anderer Männer Anträge machen und dann nach Hause zurückkehren, »Ich liebe dich« zu seiner Geliebten sagen und die Hausaufgaben der Tochter kontrollieren, »mein Schatz« zu einer Frau sagen und »Wir müssen das Dach reparieren lassen« zu einer anderen. Auf der einen Seite die Liebe, auf der anderen die kleinen Sorgen, die Verpflichtungen, die Mahnbriefe und Bankspesen, ja, die ganze Hässlichkeit war stimmig.

Der letzte Morgen des Geliebten, ehe womöglich andere kommen. Ehe dieser Morgen andere überstürzte Aufbrüche, andere Gleichgültigkeiten nach sich zieht, ehe dieser Morgen zur Gewohnheit wird, sich an alles gewöhnen, alles ertragen, alles. Aber nicht die Einsamkeit.

Trotzdem hatte sich Hélène gesagt, dass die Einsamkeit immer noch besser war als das. Die zugeknallte Tür. Der Tag, der anbrach, ohne dass sich die Blicke der Liebenden getroffen hätten, ohne dass sich die Farben ihrer Augen ein wenig gemischt, der eine sich dem anderen geöffnet hätte, ehe sie in den hellen Tag hinausgingen, den strahlenden Tag, den wunderbaren Tag, weil man verliebt ist und in der Metro die anderen anlächelt und denkt: Wenn ihr wüsstet, wie schön wir uns in der letzten Nacht geliebt haben, wenn ihr wüsstet, wie glücklich und leicht wir waren, das Leben ist schön, wie kann ich euch nur sagen, wie schön das Leben ist, seid nicht traurig, das Leben ist voll unbekannter Farben, und so geht es weiter, Stunde um Stunde, alles gefällt dir, die vergehende Zeit, das changierende Licht, die Menschen auf der Straße, die einen rennen, die anderen flanieren, alles liebst du, weil dich jede Minute, die vergeht, jede Stunde, die verstreicht, jede Änderung des Lichts dem Geliebten näher bringt, dich sanft zu dem Augenblick trägt, dem heiß ersehnten Augenblick, dem heiligen Augenblick des nächsten Rendezvous.

Kann man in diesem Zimmer ein Rendezvous haben? Kann man so sehr lieben und leiden, dass man die eisige und reglose Anonymität, die durchdachte Hässlichkeit dieses Zimmers nicht mehr sieht? Wie viele Männer und Frauen haben wie oft ihre Medikamente geschluckt, ehe sie in diesem Zimmer einschliefen? Die weißen Pillen, damit die Chemie das Unglück ein wenig auflöst, damit die Wissenschaft der Verzweiflung zu Hilfe kommt, wie viele Männer und Frauen haben wie oft auf dem Bett sitzend die Minibar geöffnet, um das Überleben auf Rezept zu schlucken, über dem Kopf der Fernseher in der Zimmerecke und der schiefe Rahmen?

Wie spät war es? Wen sollte sie fragen? Es gab keinen Nachtwächter, unmöglich, das Telefon einzuschalten. Angst, die Nachrichten zu lesen. Entsetzliche Vorstellung, es könnte keine geben. Beschließen, dass es für dieses Lachen keine

Entschuldigung gibt, dass dieses Lachen die Macht des Bösen ist, keinen Kniefall machen, sondern wachen, die Wachsamkeit und die Demütigung als letzten Schutzwall bewahren.

Und was machte der Mann jetzt, der Mann, der gelacht hatte, der Mann, der nicht mehr von einem Haus zum anderen rennen konnte? Vielleicht trat er in seinem eigenen Zimmer auf der Stelle, im Zimmer von Monsieur … Getrennte Zimmer, gemeinsame Heuchelei.

Egal, was er machte. Auch wenn es blutete, auch wenn es zuckte, sie behielt das Herz im Kästchen.

Auch sie war von einem Haus zum anderen gerannt, von einer Frau zur anderen, Perpignan Orly, unverzichtbar für beide, eine Tasche voller Geld, die andere schwer von kleinen Kieselsteinen, um den Rückweg zu finden, um zu zählen und abzuzählen. Das war ein Spiel mit ihren Schwestern, man hatte kleine Steine in der geschlossenen Hand, schüttelte sie kräftig und sang: »Eins zwei drei im warmen Sand, wie viele Taler hab ich in der Hand?«, und dann musste der andere die Anzahl der Kieselsteine erraten, die in der Hand versteckt waren, aber der andere verlor jedes Mal, es war unmöglich zu erraten, wie viel Geld man versteckt hält.

Die Cousine hatte einen Safe, der grauer und größer war als die Safes in den Hotelzimmern. In den schamhaft unter einer Blumendecke verborgenen Safe legte sie durchsichtige Plastiksäckchen, in die Plastiksäckchen Schmuck und Geldscheine.

Hélène wusste nicht, dass Geldscheine so groß und so bunt sein konnten, noch größer und bunter als beim Monopoly. Der Safe stand auf dem Fußboden, und man musste sich hinunterbeugen, um ganz vorsichtig den schwarzen Knopf zu drehen, der dem Geheimcode gehorchte. Danach war es einfach, die Tür ging auf und die Cousine fischte in einem Plastiksäckchen.

In Paris gab es größere Geldscheine als in Perpignan. Paris ist eine große Stadt. Die Hauptstadt Frankreichs. Auf dem Schulhof fragten die Klassenkameradinnen beeindruckt und neidisch: »Hast du in Paris auch berühmte Leute gesehen?«, und einmal antwortete Hélène: »Ja, ich habe Françoise Hardy gesehen.« Das machte überhaupt keinen Eindruck, und es war eine Lüge. Aber sie mochte Françoise Hardy, sie ähnelte ihrer ältesten Schwester und sang über den Tod ihrer Freundin, der Rose. *On est bien peu de choses et mon amie la rose est morte ce matin.*

Hélène hätte nicht sagen können: »In Paris habe ich viel größere Geldscheine gesehen als in Perpignan«, denn sie hatte zu zweifeln begonnen, als sie eines Tages beobachtete, wie der Tankstellenwart am *Géant Casino* Wechselgeld in dem Täschchen suchte, das an seinem Hals hing, und das Täschchen war voller Scheine, es quoll über, es war eine Erleuchtung, eine Offenbarung gewesen, Hélène hatte zu ihrem Vater gesagt: »Papa, ich weiß, wie du viel Geld kriegen kannst, du brauchst nicht mehr Maurer zu sein, ich weiß, was du machen musst, du musst bei der Tankstelle arbeiten, der Mann da hat ein Täschchen voll Geld, ich habe es gesehen, ich schwöre es dir, ich habe es gesehen!« Ihr Vater hatte gelacht und ihr erklärt, dass der Tankstellenwart noch ärmer war als er, dass dieses Geld nicht ihm gehörte, das war das Geld für das Benzin, das Geld für den Diesel, und wenn er Feierabend hatte, musste er es seinem Chef geben. Hélène dachte oft an den Tankstellenmann, der dieses Geld den ganzen Tag bei sich in seinem Täschchen herumtrug und es am Abend abgeben musste, an diesen Mann mit so viel Geld, der arm war, ärmer als ein Maurer, dann war es besser, mit Zement und Steinen zu arbeiten, auf gerade Mauern zu achten, die Häuser der anderen zu bauen und nicht nach Benzin zu riechen, sondern nach Arbeit, nach Putz und Müdigkeit, wie ihr Vater, ihr Vater, der ganz bestimmt nicht wusste, was sie wusste: In Paris waren die Geldscheine größer als ihre Hände.

Sie hatte mit den Geldscheinen gespielt, sie hatte versucht zu verstehen, wie das Geld funktionierte, es kam und ging, wie konnte man es loswerden, zurückrufen, misshandeln und erneut begehren, und es war so einfach gewesen, dass sie nur einmal damit gespielt hatte, denn diese Einfachheit war erschreckend.

Sie ist sechs oder sieben. Bald ist Weihnachten, und die Cousine ist mit ihr in einem Spielzeugladen. Hier ist es. Alles ist hier. Alle Wünsche in einem Raum, alle Wünsche um sie herum in den Auslagen, den Regalen, auf dem Fußboden und in den Vitrinen. Das Geschäft ist unwirklich. Hélènes Anwesenheit eine Fiktion. Der Ort in seinem offensichtlichen Behagen, seinem liebenswürdigen Wohlstand gleicht den gemalten Spielzeuggeschäften in den Kinderbüchern, den ach so perfekten Bildern der »Martine«, in denen man versinken, die Perfektion, die Reinheit, die vollendete Komposition von Umfeld und Personen berühren möchte.

Hélène betrachtet die Spielsachen. Die Cousine betrachtet Hélène, wie sie die Spielsachen betrachtet. Um zu erraten, was ihr gefallen würde. Hélène weiß es. Sie ist die kleine Arme, der kleine Liebling, jetzt ist der Moment, sich etwas zu wünschen, und die gute Fee wird es erfüllen. Aber sie traut sich nicht, etwas anzufassen, etwas zu entscheiden. Die anderen Kinder um sie herum fühlen sich wohl, sind oft hier und amüsieren sich. Hélène findet das nicht lustig, die

Spielsachen sind geschwollen vor Stolz und Herablassung, sie warten darauf, dass die reichen Kinder, die Kenner, ihren Wert würdigen, sie aber weiß nicht, was sie will, sie gehört nicht in diese Welt, die Welt des geäußerten Wunsches.

Und die Cousine ist geduldig. Sie wartet. Sie spricht mit der Verkäuferin, und Hélène hat Angst, dass sie über sie spricht, über ihre Armut, die Armut ihrer Eltern (oft sagt die Cousine: »Deine arme Mutter!«, einfach so, in einem Seufzer, halb erschöpft, halb bewundernd, müde Bewunderung, »Deine arme Mutter!« und nichts weiter), und die Geschwister fehlen ihr schrecklich, sie wäre so gern mit ihnen in diesem Geschäft, um mit ihnen zu fliehen, ja, sie möchte weglaufen, denn sie weiß, dass man sie erkennen wird, sie weiß, dass sie fehl am Platze ist. Und damit das Tuscheln der Cousine mit der Verkäuferin aufhört, wagt sie, die blonde Puppe mit runden Lippen und langen geraden Wimpern anzusehen und den kleinen automatischen Hund, der bellt und dessen Bauch sich im Rhythmus seines Hechelns hebt und senkt, wagt das winzige Puppengeschirr anzusehen, so hübsch, so fein, ein Puppengeschirr aus »Malheurs de Sophie«, das Puppengeschirr eines kleinen Mädchens mit Kinderfrau und grauem Esel, mit Schlafzimmer und Spielzimmer, und Hélènes Herz überschlägt sich, draußen ist es dunkel, und sie steht mitten in diesem strahlenden Geschäft, im Zentrum des Traums, sie hat die Augen auf drei unerreichbare Wunder gerichtet, und die Cousine sagt, sie soll ein Stück weggehen, aber Hélène sieht, wie die Verkäuferin mit liebenswürdiger Komplizenschaft die Puppe, den Hund, das Puppengeschirr nimmt, es ist getan, es gehört ihr, so einfach ist das, ein Blick. Nur ein Blick, und ihre Wünsche werden Wirklichkeit.

Die Cousine bezahlt. Man öffnet seine Tasche und zahlt. Man sagt ganz leise: »Der Chauffeur holt es ab.« Und man verlässt das Geschäft mit leeren Händen, damit es am Weihnachtstag eine richtige Überraschung wird.

Da hatte es begonnen. Die Obsession. Je mehr Hélène daran dachte, desto mehr wünschte sie sich diese drei Spielsachen. Und je mehr sie sich diese Spielsachen wünschte, desto mehr verabscheute sie sie. Es war eine entsetzliche Mischung, ein namenloses Gefühl, es war wie ein Kampf gegen nichts, es drückte sie nieder, sie war krank, sie dachte an nichts anderes mehr, sie stellte sich den Namen vor, den sie der Puppe geben würde, den Spitznamen des kleinen Hundes und die Vorsicht, mit der sie die kleinen Löffel und die Tassen anfassen musste, um ihren Schwestern den Tee zu servieren. Und je mehr sie an diese Vertrautheit und diese Inbesitznahme dachte, desto mehr war ihr zum Weinen, eine diffuse Traurigkeit, die sie nicht verstand, und eines Morgens, als sie mit der Cousine im großen Bett frühstückte, hatte sie ihrem Traum den Garaus gemacht, einfach so, mit einem dummen Satz, sie hatte gesagt: »Ich hasse die Puppe, den Hund und das Puppengeschirr, das will ich auf keinen Fall zu Weihnachten haben.« Der Blick der Cousine hatte sich verfinstert, mit kaum geöffneten Lippen hatte sie gemurmelt: »Ach ja?«, und gleich danach: »Ich muss heute Nachmittag eine Freundin besuchen, ich kann dich nicht mitnehmen.«

Hélène hatte gewonnen. Hélène hatte verloren. Ihre

Spielsachen verloren. Macht gewonnen. Ich will. Ich will nicht mehr. Ich nehme. Ich werfe weg. Ich tue mir weh, wenn ich will. Ich bestrafe mich, wie ich will, wann ich will, ich bleibe arm, ich bin bescheuert und es tut mir jetzt schon schrecklich leid und ich bleibe stumm, obwohl ich herausschreien möchte, was für eine Lust ich habe, die Puppe in meine Arme zu schließen, diese Puppe, deren Gesicht bestimmt nach Vanille riecht, und diesen zappelnden Hund, aber sie schweigt, wie die kleinen reglosen Marquis hinter ihr auf dem bedruckten Stoff, der nur auf ihren Befehl zum Leben erwacht, alles folgt ihrem Befehl, das ist Reichtum, das ist Macht: die Entscheidung.

Sie hat die Cousine nicht zurückgehalten. Sie hat sie am selben Nachmittag losgehen sehen, um die Spielsachen umzutauschen, und ist in dem großen dunklen und sauberen Haus zurückgeblieben, das nach Schnittblumen riecht, große Sträuße in den chinesischen Vasen, das nach Teppichboden riecht, das nach Leder riecht, das nach dem vom Dienstmädchen gekochten Chicorée riecht, und das Bittere mischt sich mit dem Luxus, der Abscheu mit dem Wohlstand.

Und am Weihnachtsabend gibt es eine Überraschung. Ein Geschenk, das sie sich nie gewünscht hat, ein Spielzeug, das sie immer hassen wird, ein Selbsthass, der sich gegen diese widerliche Miniatur richtet: ein orange-weißer Staubsauger.

Und während sie ihn auf dem Berberteppich im Speisezimmer ausprobiert, lachen die Erwachsenen, die an jenem Abend zahlreich versammelt sind, und reden miteinander, ohne sich um sie zu kümmern, die mit dem orange-weißen

Staubsauger über den Teppich fährt und die Zähne zusammenbeißt, die an ihre Geschwister am anderen Ende Frankreichs denkt, ihre Geschwister, die nichts von den Geschäften der Reichen wissen. Und das nimmt sie ihnen schrecklich übel.

WAS MACHT ER JETZT, der Lachende, der gefangene Löwe in seinem getrennten Zimmer, stellt er sie sich mit Isaac vor, hatte sie Isaac mitten in der Nacht angerufen, um ihm zu sagen, dass sie doch mit den verheirateten Männern weitermachen würde? Ihr war nicht mehr kalt, sie schwitzte unter Isaac, sie vergaß ihn unter Isaac, und er war weit weg, er konnte nichts dagegen tun, nichts zu machen gegen zwei Menschen, die einander anziehen, man kann nicht trennen, was auf geheimnisvolle Weise zusammengeschweißt ist, was sich dem gesunden Menschenverstand zum Trotz verbindet, die Gefangenen, die Geblendeten haben mit Eifersucht nichts am Hut, die Verliebten verstehen es selbst nicht: sich immer wieder lieben und unbefriedigt bleiben, fern vom anderen sein, aber ihn in sich tragen, in seiner Abwesenheit mit ihm sprechen und sich für immer vereint wissen. Die Welt ringsum ist eine Welt von Gaffern, von armen Verlassenen, die mit den Füßen scharren, während die Verliebten Welten und Geheimnisse erschaffen, die Liebenden sich lieben, wie man ein Parfum destilliert, wie man das Beste, das Kostbarste gewinnt, die Liebe ist ein Luxus, der nicht jedem gehört.

Sie gehörte niemandem mehr. Sie war in die Gewöhnlichkeit zurückgeworfen, sie gehörte zur Gattung Mensch, Geschlecht neutral, Gruppe Passanten, sie gehörte zur Menge, nichts zu machen, nur der Bewegung folgen, kleine Soldaten der Eintönigkeit.

Aber er, was machte er jetzt?

Man liebt sich, man sagt sich »Wir werden uns niemals trennen«, und man weiß bereits, dass es nicht stimmt. Also sagt man »Wenn wir uns trennen, bleiben wir für immer Freunde«. Und das ist eine weitere Lüge. Also murmelt man ganz leise: »Wir werden uns immer respektieren«, und man senkt den Blick, so sehr schämt man sich wegen so wenig, so sehr weiß man, dass dieses »so wenig« niemals kommen wird, man wird sich trennen, man wird sich mit Tränen und Qualen trennen, man wird sich trennen, als verlöre man sein Leben, als verlöre man seine Kindheit, seine Jugend, jedes Alter verschlungen von der Trennung, der schrecklichen Trennung, man wird sich trennen. Man weiß es. Um das Unheil zu beschwören, spricht man im Futur »Ich werde dich immer lieben«, aber man wird sich hassen, man wird sich verleugnen, man wird sich vergessen, gleichgültige Körper, abgewandte Blicke, und auf der Straße werden die Wege nie mehr dieselben sein, zwei getrennte Wesen, zerrissener Stoff, brennendes Theater, das große Theater der Liebe, der einzigartige Moment verhöhnt, das Wort entweiht, lügen, nur lügen und sein Blut verlieren.

Was machte er? Was machte er jetzt, da er gelacht hatte? Was macht man mit einem Lachen, das man nicht teilen kann, wie hält man diese Feuerkugel zurück, diesen Bumerang, das unerträgliche Echo seines Lachens in seinem getrennten Zimmer, dem Zimmer, das sie nicht kennt, nie hatte er sie dort erwartet, nie hatte er das Bett schön gemacht, das Licht schön gemacht, um sie zu empfangen, ihr in diesem Zimmer die Arme entgegengestreckt, dem Zimmer, in dem er von ihr geträumt hatte, wo er die geschenkten Gemälde aufgehängt und in das er ihre Fotos und ihre Bücher und ihre Briefe gelegt hatte, das Zimmer, in dem er jetzt allein war. Mit seinem Lachen.

UND SIE WAR ALLEIN in einer unwirklichen Nacht, einer Nacht voller Nebel, der bald schwinden würde, und der Tag würde anbrechen vor dem Nichts, nichts war geschehen, keine Liebe, keine Liebesgeschichte, ein banaler Ehebruch, ganz normales Fremdgehen. Seit Moses' »Du sollst nicht ehebrechen«, seit den Gesetzestafeln die Lust, sich woanders umzusehen. Und zurückzukommen. Und in seinem Zimmer zu lachen. Seinem Haus. Seinem Leben. Ohne sie. Sie, die direkt daneben war, der weiße Fleck unter seinen Schritten.

Paris zerstört.

Arsenal, Île Saint-Louis, Eglise Saint Gervais, Select, zerstört. Die warm ins Ohr gehauchten Liebesworte, zerstört. Die Rendezvous, die Halt mich ganz fest, die Überraschungen, die Gib mir die Hand, die Kuschel dich an mich, vorbei. Die Rituale, die Wiedersehensfreude, vorbei. Die Gefällt es dir? Ich habe es für dich angezogen, Ich habe es für dich gekauft, Ich habe mich für dich schön gemacht, Ich bin für dich zur Welt gekommen, für diesen Moment, diesen Augenblick, diese Arme, diesen Geruch. Vorbei. Der Lebenssinn. Die Lebenslust. Der Schwindel. Die Zukunft. Die wunderbare Zukunft. Vorbei.

Ich liebe dich
Du bist meine erste Liebe
Du bist meine erste Liebesgeschichte

Du bist meine schönste Liebensgeschichte
Vorbei.

Die Tage leer. Die Hände leer. Die Betten, die Schränke, die Züge, die Hotels, die Nächte, leer. Sie würde die Arme ausstrecken, sie würde nichts greifen, sie würde seinen Namen aussprechen, er würde nicht hören, sie würde sich nackt ausziehen, sie würde frieren.

Nichts mehr.

Und dafür war sie in diesem Zimmer. Um zu begreifen, dass es das war. Das Leben. Diese Wände. Diese Accessoires. Die Sperrholzmöbel. Der schwarze, unter der Decke hängende Bildschirm. Die seelenlose Reproduktion. Die farblosen Vorhänge. Bitte, hier ist es, das ist alles, das ist nichts, das hat keinen Sinn, man pfeift drauf, aber man kann sich nicht beklagen über dieses Zimmer, man kann schlafen, pinkeln, sich waschen, es gibt sogar Flaschen mit Whisky und Mineralwasser, es gibt ein großes Telefon und ein kleines Frühstück mit Zimmerservice bis zehn Uhr, ein akzeptables Zimmer, ein Zimmer, gegen das man sich nicht wehren kann. Leben ohne Reklamation, nutzloser Kampf.

Und deswegen war sie gekommen.

Um dieses Lachen in diesem Zimmer zu hören.

Wenn sie dieses Lachen mit Blick auf das Meer, am Fuße der Berge, in einer Kirche vernommen hätte, dieses Lachen im Raum, im Licht, wenn sie heute Abend in ihrem eigenen Bett gelegen hätte, um es zu vernehmen, hätte es ihr gehört, etwas verhaltener, etwas weniger mörderisch, sein Lachen in ihrem Leben, lügnerischer Zusammenhalt: sie glauben lassen, dass es sich an sie richtete, dass es ihnen gemeinsam war. Aber das Lachen in diesem Zimmer, das war gewollt, das war klar, das hieß Vorbei, Zerstört, Vorbei, Zerstört, so ist das Leben, dieses Lachen passt zu diesem Zimmer, dieses Lachen IST dieses Zimmer, es ist das Lachen des anonymen, verzweifelten Lebens, ohne Zukunft ohne Vergangenheit. Du kommst hier vorbei, und niemand erinnert sich daran. Wer sich morgen hier hinlegen wird, findet keine Wimper, kein Haar, keinen Geruch von dir. Wie oft, wie viele Männer und Frauen vor dir, du weißt es nicht, nichts hat sich gehalten, nicht ihre Klagen und nicht ihr Stöhnen, sie haben laut geatmet, sie sind umhergegangen, sie haben gezittert, und alles ist ausgelöscht, gereinigt, weggefegt, Vorbei, Zerstört.

Du hast vorhin in den Spiegel gesehen, du hast gelächelt und das Lächeln war falsch, und wäre dieses Lächeln aufrichtig, fröhlich, schön gewesen, wäre es genauso. Das Schöne, das Hässliche, in diesem Zimmer bedeuten sie nichts, dem Spiegel ist es egal, er hat schon ganz andere Sachen gesehen, dreihundertfünfundsechzig Tage im Jahr ziehen sie vorbei, was bedeutet die Aufrichtigkeit deines Lächelns, abends morgens, abgeschminkt geschminkt, unwichtig, niemand sieht dich an, niemand könnte sagen »Ich habe gestern Abend mit Hélène gegessen«, und dein Liebhaber schläft in diesem Moment, und er erinnert sich nicht, mit dir telefoniert zu haben, er erinnert sich weder an Isaac noch an sein Lachen, er träumt, einen Traum, den er beim Aufwachen vergessen haben wird, ein dummer, häufig wiederkehrender Traum, immer der gleiche, seit seiner Kindheit, ein Traum ohne dich, du hast keinen Platz in seinem Sein, du bist an der Oberfläche geblieben, eine Geschichte der Körper, diese Liebesgeschichte. Und das Herz? Und die Seele? Und das Unbewusste?

Dieser Mann, der Hunderte Kilometer von deiner Schlaflosigkeit entfernt schläft, hat sich davongemacht. Er schläft. Im Vergessen. Ohne Schmerz, ohne Gewissen. Ohne zu wissen. Dass er in seinem Schlaf untergeht. Er verliert sich ohne dich.

Da löschte Hélène das Licht, legte den schweren Kopf auf das Kissen, sie war ganz betäubt von ihren Tränen und der Kälte des Hotels, sie hätte gern eine Kerze angezündet, etwas aufgeschrieben, ein Gebet gesprochen, sie wollte, dass irgendwas getan, irgendwas ausgesprochen wurde, ein Bund, eine Beschwörung, damit die Wirklichkeit sich durchsetzte, unfehlbar, unverzüglich, unbestreitbar.

UND SIE TAT ES den anderen gleich. Sie schlief ein. Sie passte ihren Atem dem Atem der Schläfer ringsum an, im Hotel der hässlichen Zimmer, in denen man nichts anderes tun konnte, als das Licht zu löschen.

Das war die Zeit des ruhenden Gewissens und der losgelassenen Hunde, des Ansturms der Visionen und der Ängste, in denen alles sich mischte und verwirrte, das Gelächter, die Blankoschecks, die gemieteten Kinder, die Liebhaber auf der Durchreise und die verunstaltete Liebe, die falsche Liebe, die raubgierige Liebe, die erfundene Liebe, so innig ersehnt, so sehr erwartet, seit dem Hochzeitsspiel, der Gardine auf dem Kopf und dem Segen ihrer Schwestern: »Ja, ich will.« Ja. Ich will ihn. Also erfinde ich ihn, forme ihn: Du, Patrick, wirst meine erste Liebe sein. Ich werde dich ankleiden, dich parfümieren, dich schmücken, dich taufen: *Erste Liebe.* Das wird der Name unserer Geschichte sein, der Titel unseres Romans. *Erste Liebe.* Das ist schick. Das trägt. Das macht Lust, das ist aufregend, die unvergleichliche Sinnlichkeit des Wortes: *Erste Liebe*! *My first love*, das ist auch schön, *Premier amour*, *Il primo amore*, das lässt sich gut übersetzen, das wird sich in allen Ländern verkaufen. »*I introduce you Patrick, my first love*«, was für ein Paar, die Autorin und der Schauspieler, was für ein Glamour, Paris liegt ihnen zu Füßen, Arsenal, Select, Île Saint-Louis und die kleine Schwester Jesu, die mit Gott verbindet, was sie sich nicht mal vorstellen kann, was sie beide dennoch erleben, sie und Patrick, es ist unglaublich, es ist geschehen, *My first love*, *Love in Paris*. Ja, ich will. *Paris by night*, *Paris by day* und der *french kiss* auf der Bank neben der Weide, wo sie es gewagt hatten, das Kind zu erwähnen: »Ein Kind von dir, mein Lieb, mein Lieb«, hatten es ohne Furcht erwähnt, weil sie gewiss nicht daran glaubten. »Ein Kind von dir«, das sagt sich so schön, die verrückteste aller Fantasien, die, kaum verwirklicht, alles verderben würde, eine Wirklichkeit, die sie auf den Boden zurückbringen würde, sie, die in der zauberhaften Kulisse der erfundenen Liebe schwebten, weil das nicht länger warten kann, man MUSS lieben, es muss geschehen, also wirft man sich mit Haut und Haar hinein. Ich überlasse dir mein Leben, ich lecke deine Wunden, ich lächle über deine Fehler, ich akzeptiere deine Schwächen, ich liebe dich. Ich liebe alles. Die Feigheit des Ehemanns ist die tapfere Loyalität des Familienvaters, die Feigheit des Liebhabers ist die unumgängliche Zerrissenheit des Mannes zwischen zwei Leben. Wie schwer es sein muss, mein Lieb, meine erste Liebe, niemanden verletzen zu wollen und nicht zu lügen, das ist außergewöhnlich, so selten, ich verstehe, dass wir dich für immer behalten wollen, sie und ich, sie wie ich, *My first love*, *My first husband*, ja, ich weiß, sie ist eine verbitterte Frau, verbittert und boshaft, sag es noch mal, sag es mir noch mal, damit ich dich bemitleide und mich mit ihr vergleiche, mich, die Unvergleichliche, die erfahrene Geliebte, in meinen Armen genießt du, mit ihr zankst du, das ist wunderbar, mit ihr langweilst du dich, mit mir lachst du! Lach! Aber lach doch, mein Lieb, sieh mal, ich habe immer noch meine kleine Gardine auf dem Kopf, das ist komisch, oder?, seit fünfunddreißig Jahren spiele ich mit meinen Schwestern Braut: Ja, ich will. Ich mache noch einen Schritt, ich reiße die Gardine ab, oh, là, là!, eine Katastrophe, nicht zu schnell gehen, auf der Stelle treten! Du wirst sie niemals verlassen, der Hund in seiner Nische, in seinem getrennten Zimmer, gut gehalten in seinem Verlangen nach Unterwerfung, die Leine ist kurz, *my first love*, treten wir auf der Stelle! Wenn wir uns aufschwingen, zwei Ballons im Himmel von Paris, aufgebläht von Luft und Stolz, oh, mein Lieb, was für eine Liebe! Wer kann das verstehen, niemand, du, der Auserwählte, der Erwählte meines Herzens, der Erwählte meiner Fantasie, die Erfindung, die sich gegen ihren Erfinder wendet, HAHAHA! Was für ein Lachen! Er hat gesagt, dass er für mich seine Frau verlassen würde! Ein guter Witz, oh ja, er ist komisch, er ist sehr komisch, du erzählst ihn gut, aber ich erzähle immer gut, das ist mein Beruf, mein Broterwerb, meine Visitenkarte, und ich liebe dein Lachen …

Nein, heute Abend liebe ich es nicht mehr.

Und ich will nicht, dass du die Seiten zerreißt, die ich schreibe. Wenn ich schreibe, *Meine erste Liebe*, dann IST ES meine erste Liebe. Du hast nichts damit zu tun. Du brauchst nur an die Geschichte zu glauben. Ich erzähle sie wie niemand sonst.

Es war einmal
Es war das erste Mal
Ihre erste Liebe
Ihre erste Liebesgeschichte

Und endlich streckte Hélène die Waffen. Ihr Atem schwer, erschöpft. Die Hände geöffnet. Die Lider geschlossen. Sie trieb ab. Ohne Traum oder Alptraum. Ohne Unordnung, ohne Durcheinander.

Reglos das Herz.

Das also war die Erholung. Das Fehlen des Schocks. Der große, reglose Moment, ohne Verlangen, ohne Gefühl, Körper und Seele durch eine Neutralität ohne Überraschung verbunden. Alle Türen waren zu, die Ausgänge geschlossen, die Rollläden heruntergelassen, die Sonne kümmerte sich um andere Pole, die Wirklichkeit war hier. In dieser Bewusstlosigkeit. Hélène aber schlief, ohne diese Beruhigung zu genießen, sie wusste nichts von ihrem entspannten Körper, der vorübergehenden Schmerzlosigkeit, sie wusste nichts von ihrer gelöschten Erinnerung, dem langsamen Abdriften, das ohne ihr Wissen ihre Kräfte wiederherstellte. Sie verließ die Welt, aber die Welt fuhr fort zu weben, hörte nicht auf, ihre Herrschaft zu errichten, geschwollen von Blut und von Verlangen nach Blut, und plötzlich, in der nächtlichen Stille, wie ein unmenschlicher Schrei, trocken, abgerissen, kurz: die Detonation. Sie kam von außen, aber Hélène empfing sie mitten ins Herz, Erstarrung, unvermittelte Angst, das innere Rasen der Panik.

Sie setzte sich auf, machte das Licht an, ihre feuchten, zögernden Finger auf dem Schalter, sie brauchte ein paar Sekunden, um sich zu erinnern. Was sie in diesem Zimmer zu suchen hatte, woher dieses Zimmer kam, warum ihr Mantel auf dem Stuhl, ihre Tasche auf dem Boden lag, in mehreren Wellen kamen die Splitter ihres Lebens und die Chronologie der Fakten, die Sologne, die Messe, die

Nacht … und Patricks Lachen, das Ende der Heuchelei. Ihr ganzes Leben fügte sich wieder zusammen. Hier. Am Fußende des Bettes. Die Logik ihres in Unordnung geratenen Lebens. Sie seufzte lange, eine stumme Klage, fast eine Erleichterung, der ganze menschliche Unrat in dem Ramschzimmer, dem reservierten Zimmer. Auf ihren Namen. Denn sie war erwartet worden. Benannt. Und man hatte ihr den Schlüssel gereicht wie eine letzte Chance. Und was sie plötzlich verstand, was ihr geschah, überstürzt, unerwartet, die Erkenntnis, die über sie hereinbrach, machte sie schwindlig: Sie wusste. Jetzt, zum ersten Mal im Leben, wusste sie, DASS SIE NIE MEHR ANGST HABEN WÜRDE. Nichts, niemand, kein Ort, kein Ereignis, nichts würde sie mehr erschrecken. Das war ein neues Gefühl, eine unglaubliche Erkenntnis. Sie, die glaubte, alles erlebt zu haben, Freude, Einsamkeit, Trunkenheit, Schmerz, Inspiration, Stolz, Zweifel, Mut, Ekstase und Wut, sie hatte bis dahin niemals diese Gewissheit verspürt, diese Kraft, deren Heftigkeit sie begeisterte und geradezu überwältigte: Sie würde nie mehr Angst haben. Man fürchtet nur, was man nicht kennt, aber Patricks Lachen hatte Licht in ihr Dunkel gebracht. Warum eine Liebe erfinden, seine Einsamkeit schminken, jetzt war es Zeit, dem Wind entgegenzutreten, die Sintflut zu empfangen, sie war dazu imstande, weil ihr nichts mehr geschehen konnte, es war passiert, es lag hinter ihr, und sie war trotzdem nicht daran gestorben. Misshandelt, schlecht geliebt und immer noch lebendig. Und heil, sicher, voller Vertrauen in sich selbst, in ihre Lebenskraft, diese unerbittliche Gabe, die sie von einem stolzen Gott erhalten hatte, der sie zum Engel des Lichts bestimmte, zum nicht auszurottenden Unkraut, und jetzt würde sie dieses Zimmer verlassen und die Nacht der Gewehre durchqueren, die lange Nacht, die der Erlösung voranging.

III

SIE ZOG SICH AN, ihr Körper steif und unbeholfen, brennende Augen, schwerer Kopf, und trotzdem fühlte sie sich ganz neu, sie war sie selbst, zum ersten Mal kam ihr alles einfach vor. Sie war kein kleines Mädchen mehr, keine verirrte Reisende, war nicht mehr ehemalige Arme, verratene Geliebte, unbehagliche Autorin, sie war eine Frau, die sich vertraute, etwas überrascht von der Einfachheit, mit der sie plötzlich beschließen konnte, dass das Leben ihr gehörte.

Sie schwankte etwas, als sie sich anzog, den Körper zog es zum Schlaf, den Geist aber nach draußen, in das Draußen, wo die Nacht, wie es ihr vorkam, schon etwas weniger dunkel war, es war die Stunde, da sie mit dem Tag verschmolz, zwei unvereinbare Farben, die ineinanderflossen, und Hélène war wie dieser langsame Walzer, der Körper müde, der Geist hellwach, jetzt aber wusste sie, dass sie den Schlafmangel mit ihrem bloßen Willen bezwingen konnte.

Sie schob den staubigen Vorhang beiseite, draußen hatten die gelben Lichter der Auffahrt schon etwas von ihrer Kraft verloren, man sah das Ende des Weges, den Saum des Waldes, ein schlafendes Land hinter den Grenzen des letzten Dorfes.

Sie zog den Mantel und die Handschuhe an, hatte kaum einen Blick für ihre Tasche und das ausgeschaltete Handy, aber sie lächelte trotzdem, begeistert von der Erleichterung, die sie empfand, beides da, in diesem Ramschzimmer zu lassen. Es war so einfach, Papiere, Schlüssel, Nummern zurückzulassen, das Schminktäschchen, die kleinen Tarnmittelchen, das Rouge, die Haarbürste, einfach zu beschließen, dass sie nicht mehr Gewicht hatten als der blaue Duschvorhang, der unechte Marmor, der Fernseher in der Ecke und der leere Schrank.

Sie strich sich mit der Hand durch das Haar, über die Wange, den Hals. »Guten Morgen, mein Schätzchen«, sagte sie. Und sie lächelte sich zu, gerührt, amüsiert. »Geht es dir gut, mein Schätzchen? Na komm! Komm, wir gehen!«

Sie klappte den Mantelkragen hoch, wie Offiziere und feine Damen, und ihr Herz schlug schneller, als sie die Hand auf die Türklinke legte. Hinausgehen. »Hinausgehen, ohne sich umzudrehen.« Es war wie eine Liedzeile, ein Gefühl beim Samstagabendtanz, der Traum einer gealterten Jungfer, und trotzdem, sie würde es tun. Es war also möglich. Hinausgehen, ohne sich umzudrehen.

Sie öffnete die Tür, und als sie auf der Schwelle stand, entwischte ihr Lachen, das sie sogleich unter der behandschuhten Hand versteckte, durch den Gang der aneinandergereihten, zusammengedrängten, geschlossenen Türen, die ihr Schweigen auferlegten, die *Do not disturb* schaukelten traurig, sie ließ sie hinter sich. *Disturb! Do disturb me!* Das wollte sie, das konnte sie, und auf das Lachen folgte ein unterdrücktes Schluchzen, eine Regung der Ungeduld, sie stand in diesem toten Gang, sie würde gehen, ohne sich umzudrehen, und sie sah die Türen an, wie man ein altes Foto ansieht, erstarrte Zeit, das war schon so fern, versunken in ewiger Nacht, in hundertjährigem Schlaf … Wer kommt euch küssen? Wer wird euch mit einem Kuss aufwecken, euch, in eurer Einsamkeit, in euren Alpträumen, eurer Melancholie?

Die stummen Türen. In Habachtstellung. *Do not disturb. Do not disturb*, bis in alle Ewigkeit.

Und plötzlich hatte sie kein Mitleid mehr. Ihr Herz war trocken genug, um ohne weitere Rührung, ohne das geringste Bedauern fortzugehen. Sie hob kaum die Hand, um sie zu grüßen, als sie ihnen den Rücken zuwandte und zur Treppe ging, die in die Hotelhalle führte.

Sie wusste nicht, wer geschossen hatte. Sie wusste nicht, von wo man geschossen hatte, aber dieser Schuss war ein Ruf gewesen, ein göttlicher Befehl, dem sie sich nicht entziehen konnte, und die Eingangstüren öffneten sich, um sie hinauszulassen, sie vom Zweifel zur Gewissheit, vom Zögern zur Waghalsigkeit gehen zu lassen.

Die Türen öffneten sich, um ihr die Nacht anzubieten, die Kälte berührte kaum ihr Gesicht, ihr Körper strahlte eine neue Wärme aus, ihr Blut pulsierte kräftig, heiß, jetzt war ihr Körper im Einklang mit ihrem Geist, sie war eine harmonische Frau, etwas erstaunt über sich selbst, mitgerissen von sich selbst, das hatte sie noch nie gemacht, nie gewagt, warum hatte man ihr nicht beigebracht, dass die Nacht die bösen Geister beruhigt, die Griesgrame schlafen und die Königinnen heraustreten lässt? »Ich bin eine Königin, ja, ja, mein Schätzchen, eine wunderbare Königin!« Und warum nicht? Ich kann entscheiden, was ich will. Ich bin, was ich will, und wenn ich mich nicht liebe, wer dann? Warum auf die Liebe in den Augen der anderen lauern, wenn ich sie mir in dieser Nacht selbst geben kann, unmittelbar und großzügig? Ich liebe dich sehr, meine kleine Hélène, du schlägst dich tapfer, finde ich, sieh nur, wie schön und unerbittlich die

Nacht ist, wie schön die Sterne, die Zeit und Raum vermengen, fliegen und sterben, ohne zu erlöschen, Himmel und Erde verschmolzen, verschwundene Signale, die Straßen versunken, die märchenhafte Mischung der Formen und der Luft, was für eine Schönheit, und morgen wird es erneut beginnen; sobald das große Auspacken des Tages vorbei ist, wird es wiederkommen, das ungestillte Geheimnis, und du, meine kleine Hélène, Gast des großen Geheimnisses, ich sage dir, gehe hin!

Sie ging ein Stück die von blassen Lampen gesäumte Straße entlang, letzte kleine Lichter, letzte Zuflucht vor dem Wald.

Es war ihr erstes Rendezvous.

Die Hände in den Manteltaschen ging sie weiter. Langsam, geradezu feierlich. Ruhig, angelockt vom Wald, wie man plötzlich von den Dämonen seiner Kindheit gerufen wird, im zwiespältigen Verlangen, sie wiederzufinden, die vertraute Beklemmung, die inneren Ängste zu spüren, und sie in den Armen zu tragen, sie an seinem köstlich erregten Herzen zu wiegen, Abscheu auf den Lippen, den bitteren Geschmack der Furcht, vertraut, so gut bekannt.

Hinter ihr verschwanden das Hotel, das erleuchtete Zimmer, das grelle Licht der Deckenlampe und die andere Hélène hinter dem schmutzigen Vorhang, diese bewegungsunfähige Frau, die ihr voller Misstrauen nachglotzte. Die im Nebel gefangenen Bäume des Waldes wurden deutlicher sichtbar, zeichneten sich klarer ab, Hélène kannte den Namen der Bäume nicht, sie existierten seit Jahrhunderten, seit ihren Urahnen, ihren Vorfahren, ihren Hungersnöten und ihren Kriegen; sie waren da, ehe ihr Vater auf die Welt kam, um eine Vielzahl von Kindern zu zeugen und Häuser zu bauen. Sie waren da, aufgestellt wie die Grenzpfähle der Zeit, und diesen Wald durchqueren hieß, alle Jahrhunderte zu durchqueren, alle Zeitalter zu erfahren.

Und als das Hotel nur noch eine unförmige Masse mit einem roten, verschwommenen Schild darüber war, als das Licht ihres Zimmers nur noch ein zarter Schein war, ging sie hinein.

Unter ihren Schritten knackte der Raureif, sie meinte Kristalle zu zerbrechen, das zwischen der feuchten Erde und dem unsichtbaren Eis gefangene Laub, die Zweige und die Kieselsteine zu stören, Bestandteile einer geheimen Welt, die sie unter ihren Füßen zerquetschte.

Sie hatte Bauchschmerzen, jene Schmerzen im Bauch, die man angesichts der Liebe verspürt, eine Mischung aus Erwartung und Befürchtung, ein Schmerz, wie wenn eine Hand dich bei den Eingeweiden packt, sich an dein Innerstes klammert, um dich vor dem bevorstehenden Einsatz deines ganzen Seins zu warnen. Sie hatte Bauchschmerzen wie ein Krieger vor der Schlacht, der weniger den Tod fürchtet als das Ausbleiben des Kampfes. Sie sprach nicht mehr mit sich, ermutigte sich nicht, sie wurde von der neuen Welt gerufen, dieser uralten, für sie neuen Welt. Sie hatte schon Schlaflosigkeit erlebt und hatte schon Wälder durchquert, aber niemals beides vereint: Sie hatte nie einen Wald in einer Nacht der Schlaflosigkeit durchquert. Sie hatte so viele Sperren in ihrem Leben aufgestellt, so viel für unmöglich erklärt, aus mangelnder Vorstellungskraft und dem Verlangen, mit den anderen und wie die anderen zu leben, zu ihrer Zeit, ihrer Welt zu gehören, aber jetzt, im ersten schüchternen Licht des Morgengrauens, spürte sie, wie die Lüge dahinschwand, je tiefer sie in den Wald eindrang und je heller das Tageslicht wurde, als hätte sie selbst es an diesen Ort gebracht – und die alten Trugbilder lösten sich auf.

Sie zog die Handschuhe aus, um mit ausgestreckten Armen weiterzugehen, ihre Finger berührten die rauen, unregelmäßigen Bäume, das Moos, den Harz, die schroffe Rinde, die Arme ausgestreckt, die Hände nackt, ein Vogel pfiff eine schrille, durchdringende Klage und streifte die Blätter, die letzten Blätter der entblößten Bäume.

Sie konnte nachts die Bäume streicheln.

Sie konnte allein im Wald sein.

Sie konnte aufs Geratewohl herumlaufen.

Sie konnte aufhören zu schlafen.

Sie konnte aufhören, Angst zu haben.

Aufhören zu warten. Auf Anerkennung. Respekt. Liebe.

Sie warf den Kopf nach hinten, der Wald kippte, sie sah direkt in den Himmel, die Handflächen jetzt an zwei geduldige Bäume gepresst, sie trat dem Himmel entgegen, wie sie als Kind dem Meer entgegengetreten war, dem fernen Meer, das in wütenden Wogen herankam, sie fand die köstlich prickelnde Angst wieder, den Wunsch, verschlungen und von ihrem Vater gerettet zu werden, in den Armen ihres Vaters, wie eine ohnmächtige Prinzessin.

Sie lächelte dem Himmel zu, der schüchtern im Nebel verblasste, mehr Nacht noch als Tag, mehr Stolz als Hingabe, dem Himmel, zu dem die niedergestreckten Menschen beteten, die Krieger am Boden, die auf den Feldern, in den Wäldern vergessenen Verwundeten, die in seiner Grenzenlosigkeit eine Antwort suchten, ihr Leben plötzlich an der Schwelle der Unendlichkeit. Sie lächelte dem Himmel aller Fragen zu, und zum zweiten Mal ertönte der abgerissene, unmenschliche, kurze Schrei: die Detonation.

Hélènes Herz raste. Sie hustete. Sah die reglosen Baumwipfel, versuchte sich zu erinnern, wie der Schuss geklungen hatte, um ihn zu lokalisieren, aber es kam ihr vor, als sei er direkt von ihrem Herzen losgegangen, hätte sich aus ihr gelöst, und plötzlich stand sie vor dem Tier: Es dauerte eine Sekunde, vielleicht weniger, aber diese Sekunde war unendlich lang, aufgeladen, eine Sekunde mit dem Gewicht der Hirschkuh, die vor ihr stand, tonnenschwer, innehaltend in der großen Falle des Waldes, und in ihren Augen, ihrer Panik, ihrem runden Entsetzen las Hélène, dass die Jagd weiterging.

Sie sah das Auge der Hirschkuh, als läge es schon im Kofferraum des Mercedes, die Augen im Kofferraum, das Herz im Kästchen, die Beweise des Hasses, die Sünden der Liebe, das Auge der Hirschkuh neben den Lappen und den Stiefeln, das Auge, das Hélène ansah und sie instinktiv als menschlich erkannte, Art Raubtier, Gattung Fleischfresser, das reglose Auge über dem zitternden Körper, die zarten Hufe, die einen so schweren Körper trugen, das gehetzte Auge, die geladenen Gewehre, und Hélène, als Feindin dieses Waldes entlarvt, Feindin des Raureifs, Feindin des Himmels, gefürchtet von den Tieren … Und dann ergriff das Tier mit erschreckendem Lärm die Flucht, Hélène dachte, es sei gestürzt, gegen die Bäume gelaufen, habe die Äste abgerissen, sie hörte jetzt, ohne es zu sehen, den vergeblichen Galopp: Wenn nicht heute, dann morgen, morgen würde sein Auge den Himmel befragen, aber der Himmel würde schweigen, während man die Hunde loben und den Kofferraum öffnen würde.

Die Hirschkuh hatte ihr ungewollt gezeigt, woher der Schuss gekommen war, sie musste nur die Richtung einschlagen, aus der das Tier aufgetaucht war, rechts in den Wald, bei den nackten Maulbeerbäumen, den aufgewühlten Steinen und den von verfolgten Hufen zerrissenen Blättern.

Hélène ging ein Stück durch das, was sie für einen riesigen Wald hielt und was doch nur ein kleines Wäldchen war, und sehr bald stand sie im Freien. Die Unendlichkeit dieses Waldes war nur eine Illusion, man hatte ihn verkleinert, die Bäume waren gefällt worden, um Platz zu machen, um Feuer zu machen, um Möbel, Bücher und Parkplätze zu machen.

Außerhalb des Wäldchens war der Morgen heller, der Nebel hatte sich verzogen, man trat ans Ufer der Menschen und ihrer Eitelkeit, und schon bald sah Hélène ihre auf einer Anhöhe geparkten Autos. Sie selbst sah sie nicht. Hörte sie nicht. Nicht mal ihre Hunde. Es war weniger kalt als im Wald, trotzdem war die Luft schneidender jenseits der Intimität des Waldes, des geschlossenen Raums, der Rufe der Nachttiere und der Gesänge jener Vögel, die den Tag, aufstiebende Schwärme und Paarungsrituale ankündigten; einer Harmonie beraubt, die von den Autos auf dem improvisierten Parkplatz bedroht wurde.

Plötzlich hörte Hélène das Geräusch eines Motors. Instinktiv versteckte sie sich hinter einem Busch, ihr Mantel strich über das Laub, ihr Körper war angespannt. Es war ein schwarzes Auto, schlammbespritzt schaukelte es zwischen den Schlaglöchern, die Scheinwerfer hüpften durch die Dämmerung, es fuhr neben die anderen. In diesem Moment, wie von ihm angekündigt, ertönten weitere Schüsse. Näher diesmal, dazu die Rufe von Männerstimmen, das Bellen aufgeregter Hunde … Da stoppte das Auto; ohne den Motor oder die Scheinwerfer auszustellen, sprang ein Mann heraus, gefolgt von einem Bretonen-Spaniel, der mit seiner ganzen mühsam gezähmten Jugendlichkeit um ihn herumsprang.

Der Mann verharrte einen Moment, er sah sich um und versuchte zu verstehen, stellte sich auf die Zehenspitzen, reckte den Hals: Ein Stück weiter, mitten in einem großen Feld ohne Vegetation und ohne Farbe, vollführten Jäger und Hunde ein seltsames Ballett. Etwas Großes lag auf dem Boden, eine schwere, dunkle Masse, die Hélène kaum erkennen konnte, um die man sich zu schaffen machte, sich mit dumpfer Gewalt rief, sie hörte Pfiffe, grobe Anschnauzer, unflätige Beschimpfungen, unterdrückte Panik, nur die Gewehre waren verstummt. Der Spaniel wollte losstürzen, zögerte zwischen Reflex und Unterwerfung, der Mann wollte gerade zum Auto zurückkehren, als ein Schrei, schriller, lauter als alle anderen, vom Ende des Feldes her ertönte, sein Echo wurde vom Nebel erstickt, die Verzweiflung durch den nackten Morgen vervielfacht. Da rannte der Jäger auf den Weg aus aufgewühlter Erde, die großen Stiefel schmatzten im Schlamm, der Hund kläffte und lief jetzt vor ihm her, sie waren ein unpassendes Paar, ein überstürzter und unharmonischer Tanz.

Als sie die Gruppe erreicht hatten, richtete sich Hélène auf. Das Auto brummte und verbreitete seine Abgase, die Tür offen, die Scheinwerfer weiß, fast wie ein menschliches Wesen, ein unpassendes Hecheln an diesem gehetzten Ort.

Hélène ging darauf zu, wie sie auf den Wald zugegangen war, mit der gleichen Selbstverständlichkeit, der gleichen Ruhe. Es war ein anonymes Auto, ohne Fotos oder Amulette, Kunstledersitze, eine gelbe Decke für den Hund, ein Christophorus-Amulett am Schlüssel, der noch im Zündschloss steckte. Hélène sah auf den stummen Wald, das trostlose Feld und die Gruppe der Jäger in der Ferne, wie verirrte Soldaten ohne Anführer und ohne Befehle, in kopflosem Durcheinander um die Masse auf dem Boden versammelt. Das Auto verströmte seine Wärme wie einen kranken Atem, und trotzdem, trotz dieser etwas übelriechenden Neutralität setzte sich Hélène auf den Fahrersitz, knallte die Tür zu, wendete und fuhr dorthin zurück, woher das Auto gekommen war.

Sie war Forstwegen, Sandstraßen, asphaltierten Straßen gefolgt, sie hatte sich etwas verfahren, zögerte an den Kreuzungen, Schnittpunkten von Nebenstraßen und Weilern, die Fläche war groß und nackt, alle Richtungen führten irgendwohin, alle waren möglich, aber sie wollte nur eine. Sie wollte die Straße finden, die nach Paris führte. Die zu Patrick führte. Sie wollte sich lebendig fühlen im Angesicht der Lüge, dem Verrat mit ihrem Lächeln begegnen und ihren Geliebten verlassen, wie sie ihr Hotelzimmer verlassen hatte, davongehen, ohne sich umzudrehen, weil er nicht mehr Bedeutung haben würde als ein anonymer Ort, eine versunkene Nacht, er würde keine tieferen Spuren in ihrem Leben hinterlassen als eine Abendgesellschaft. Er würde sie nicht mehr verletzen, damit war Schluss. Schluss mit den Demütigungen, der zerstückelten Zeit, den seinem Ehealltag gestohlenen Nächten, mit den seinen familiären Verpflichtungen entrissenen Wochenenden, den geflüsterten Telefongesprächen in seinem getrennten Zimmer, den Briefen ohne Absender, den Geburtstagen, den mühsam ausgehandelten Festen, der Zukunft, die nur bis morgen reichte, den vagen Plänen, dem in zwei Hälften geschnittenen Leben, das Herz zerschnitten, das Herz in Tränen, damit war Schluss. Sie konnte ohne diese schwache Hoffnung leben, ohne dieses Spiel von Liebe und Zufall: auf Bequemlichkeit setzen und den Einsatz mitnehmen, aber eines Tages wendete sich das Blatt, entschlüpfte ein Lachen wie eine geheime Wahrheit, und das war der Untergang, Schluss mit der Bequemlichkeit, der Heuchelei der Ehefrau, die die Geliebte genehmigt, um selbst ihr Bett verweigern zu können, die den Verrat genehmigt, um dafür bezahlt zu werden, er soll bezahlen, jede Liebkosung für die andere, jede glückliche Heimkehr von ihr, jeden überstürzten Aufbruch zu ihr, jeden Abdruck von ihr in seinem Leben, seine neuen Vorlieben, seine plötzlichen Verrücktheiten – diese ganze heuchlerische Bürgerlichkeit der Ehefrau, Gefangene der Panik, der blanken Angst vor dem Ende des gemeinsamen Kontos, der gesellschaftlichen Anerkennung und des Alterns zu zweit.

Hélène wollte das alles sehen.

Sie war Forstwegen, Sandstraßen, asphaltierten Straßen gefolgt, und dann stand da endlich das Schild, größer als die anderen, die fünf magischen Buchstaben: PARIS, fünf Buchstaben, die Select bedeuteten und Île Saint-Louis, Arsenal und Eglise Saint Gervais, fünf Buchstaben, um die romantischste, die strahlendste zu bezeichnen, die so sehr strahlte, dass man dort keine Sterne mehr sehen konnte, nur die Leuchtspuren der Flugzeuge an ihrem Himmel, all dieser Flugzeuge, die über fünf Feuerbuchstaben hingen: P A R I S. 170 Kilometer.

Je weiter sie fuhr, desto blasser wurde die Nacht, der Morgen öffnete sich dem ankommenden Wagen, er schluckte Kilometer um Kilometer auf der verlassenen Autobahn, die die Felder durchschnitt und deren Monotonie nur durch Tankstellen und Notrufsäulen unterbrochen wurde.

Hélène lachte, als sie sich die Schlagzeile der Zeitung von R. vorstellte: »Autorin, Gast der Buchmesse, stiehlt das Auto eines Jägers und flüchtet«, ihr Lachen war so angespannt wie sie selbst müde, aber sie durfte angesichts dieser Umstände nicht schwach werden: Das warme, gefügige, ihr zu Füßen gelegte Auto war ein Wink des Schicksals.

Sie hätte sich gern ein bisschen entspannt, aber sobald sie die Waffen senkte, gewann ihre Müdigkeit die Oberhand, lauerte gefährliche Erschöpfung, es wäre das Vernünftigste gewesen, anzuhalten und einen Kaffee zu trinken, aber vielleicht hatte man die Beschreibung des Autos schon weitergegeben. Sie durfte nicht anhalten und aussteigen, sie musste die Kilometer besiegen, einen nach dem anderen, sie niederkämpfen, bezwingen und zum ersten Mal zu Patrick kommen, Boulogne-Billancourt, Rue de l'Aigle, das unbekannte Haus, die Verbotene Stadt.

Trotzdem lenkte sie, ohne zu überlegen, auf den Standstreifen, rollte ein paar Minuten, um Geschwindigkeit zu verlieren, 150, 100, 80, 60 ... schaltete die Warnblinkanlage an und den Motor aus.

Die plötzliche Stille war ein Dröhnen, Hélène kam sich

vor wie unter Wasser, sie legte den Kopf an die Lehne und schloss die Augen, ihr Herz tobte in ihrer Brust wie ein letztes Notsignal, der letzte Sprint ihres erschöpften Körpers.

Boulogne-Billancourt. Rue de l'Aigle. Sich hinwagen. Allen Lügen, Ausreden, Beschwichtigungen trotzen. Er sagte, sie sei verbittert und böse, er sagte, früher sei sie schön gewesen, aber jetzt ... sie spüre es selbst, sie fühle sich selbst alt, erschöpft von den Schwangerschaften, verbraucht von der fehlenden Liebe, und er betrog sie ganz offen, wagte es, in ihrem Beisein allen zu verkünden, Hélène sei seine Verlobte. Er war also ebenso grausam, ebenso zynisch und gleichgültig zu ihr wie zu Hélène, ebenso feige, machte beide klein, schmeichelte beiden, derselbe Rosstäuscher ... banal ... lachend und banal ... Der gewöhnliche Betrug. Die alltägliche Mittelmäßigkeit.

Hélène wurde kalt. Ohne Motor und Heizung war das Auto ein Eisschrank, sie musste fahren, um sich aufzuwärmen. Sie blickte auf die Felder, die die Autobahn säumten, Orte, die verschwinden würden, die sie vergessen würde, ihre Anwesenheit ließ die Orte entstehen und vergehen, ihre Texte ließen ihre Liebe entstehen und die Legenden vergehen.

Sie zog die Schultern hoch, ließ ihren Hals knacken, hauchte auf ihre Hände, ihr war kalt, aber diese Auszeit war wohltuend, sie spürte, wie ihr Körper zum Leben zurückkehrte, lockerer, leichter wurde, und sie sah sich das Auto genauer an, es gab kein Autoradio, keinen Schnickschnack, nüchtern und funktionell wie ein Auto aus dem Osten, von manischer Sauberkeit, kein Stück Papier, kein vergessener Gegenstand, keine schlecht gefaltete Straßenkarte, kein vergessener Strafzettel, nichts, nur die sorgfältig ausgebreitete Hundedecke, das war ein Auto, an dem man hing, ein neues konnte man sich nicht leisten. Als sie das Handschuhfach öffnete, fand sie ein Handy und eine Brieftasche. Das Handy war so groß wie ein Walkie-Talkie, der Jäger verschickte bestimmt nicht viele Liebes-SMS, die Brieftasche dünn und beinah anonym: nur ein Personalausweis auf den Namen Robert Bertin und ein sorgfältig geglätteter, in seiner ganzen Länge ausgebreiteter Zwanzigeuroschein.

Sie nahm das Handy, es war eiskalt und roch nach Zigarette, ein widerlicher Geruch nach kaltem Tabak, sie war angeekelt, als hätte ihr Robert Bertin seinen Nikotinatem ins Gesicht geblasen, vergilbte Zähne, gerade noch gut genug, seine Drossel zu kauen.

Sie hatte Lust, ihren Vater anzurufen. In diesem *no man's land* ihren Vater anzurufen. Von nirgendwoher, ohne Anhaltspunkt mit ihm zu sprechen, ihm zu sagen, dass sie jetzt vielleicht miteinander reden, sich einander annähern konnten, er, der nichts von Hélènes Leben und ihren Texten, weder ihr Singledasein noch die ausbleibende Mutterschaft verstand, er, der so traurig war, dass sie auf so viel Glück verzichtete; ihr Leben hätte so einfach sein können, wenn sie es gewollt hätte, wenn sie etwas anderes getan hätte, als auf Sand zu bauen, düstere Romane zu erfinden und allein zu leben, und er dachte, das alles sei seine Schuld: Was hatte er nicht gegeben, was hatte er nicht vermittelt, was war er nicht gewesen? Er hatte gearbeitet, ohne die Stunden und die Mühe zu zählen, er hatte seine Frau und seine Kinder geliebt, er war jetzt ein Patriarch, stolz auf seine Nachkommenschaft, und erwartete den Tod mit der kaum erschütterten Gelassenheit jener, für die Gott eine Gewissheit ist.

Es war zu früh, um ihren Vater anzurufen. Zu früh um ihm zu sagen, wie sehr sie bedauerte. Sie hatte es trotz aller Anstrengungen, trotz Orly, trotz des roten Koffers nie geschafft, die Armut ein wenig zu lindern, die Sorgen zu erleichtern, sie hatte sie sogar noch etwas tiefer hineingestürzt. Sie erinnert sich …

An jenem Morgen war die Sozialarbeiterin in das viel zu kleine Haus gekommen. Das Haus glänzte an jenem Morgen wie ein neuer Taler, glänzte mehr als gewöhnlich, und sie hatten Angst, die Dinge zu stören, als würden sie ihnen in dieser krankhaften Ordnung nicht mehr gehören. Das Haus wirkte streng, die Mutter sprach nicht, die Angst erlaubte ihr nur ab und zu mechanische Gesten des Ordnens, sie strich sich mit eiliger Hand übers Haar, sie glättete ihre Schürze, die sie umbehalten hatte wie ein Dienstmädchen, nach dem man jeden Moment läuten kann. Und als sich die Sozialarbeiterin im Wohnzimmer ihr gegenüber an die andere Seite des langen Holztisches gesetzt hatte, legte sie ihre Hände auf die Knie, eine Haltung, die sie nie einnahm, eine Steifheit, die ihrer Gestalt einen Anschein von Trockenheit und eine gezwungene Ruhe gab, die nicht zu ihr passten.

Hélène hatte das Gespräch nicht verstanden. Die Worte des Gesprächs. Sie hatte nicht verstanden, warum ihre Mutter nicht mehr sie selbst war, was sie ausdrücken wollte, indem sie so steif und aufrecht dasaß, was sie mit dieser neuen Stimme zu äußern versuchte, die zu versagen drohte. Aber danach hatte sie geweint. Als die Sozialarbeiterin gegangen war. Sie wollte nicht, dass man sie tröstete, sie wollte nur in Ruhe weinen. Und das Haus blieb stumm, die Kinder spielten nicht mehr, die Gegenstände bewegten sich nicht, nichts war wie immer, und nichts würde je wieder sein wie vorher.

Die Sozialarbeiterin hatte den Geldhahn zugedreht. Die Familienbeihilfe gestrichen. Sie hatte einen monatlichen Geldeingang auf dem Konto der Eltern festgestellt: den Scheck der Cousine, das Bild, begleitet von »VKBB«. Panik. Katastrophe. Die Armut ist voller Stufen, die alle in dieselbe Richtung gehen, abwärts, die Richtung der Erniedrigung, und sie mussten noch weiter absteigen in Entbehrung, Schlaflosigkeit und Angst vor dem Morgen, sich abstrampeln in endlosen Berechnungen, hartnäckiger Würde, und Hélène hatte ein neues Wort im Vokabular der Angst gelernt: Familienbeihilfe. Beihilfe. Hilfe!

Wie viel zahlst du für diese Frau?

»Eins zwei drei im warmen Sand, wie viele Taler hab ich in der Hand?«

Viele. Ich habe viele Taler in der Hand, Papa. Jetzt, wo du sie nicht mehr willst.

Sie legte das Handy ins Handschuhfach zurück. Mit der Brieftasche. Sie hatte beides gestohlen, ohne es zu wollen. Gattendiebin. Autodiebin. Brieftaschen- und Handydiebin. Geschichtendiebin.

Sie schaltete die Zündung ein.

Sie würde weitermachen.

Es dauerte ewig, bis sich das Auto wieder aufwärmte. Sie schniefte ein bisschen in der Kälte und zog ein paar Grimassen, machte den Mund weit auf, zog die Wangen ein, um sich aufzumuntern und die Steifheit loszuwerden, kniff die Augen ganz fest zu, riss sie auf, bewegte sich auf ihrem Sitz, und weil ihr die Hemmung, den Vater anzurufen, die Stimmung verdorben hatte, beschloss sie, sich auf andere Gedanken zu bringen, indem sie alberne Lieder sang. Davon kannte sie eine ganze Menge, Lieder vom Schulhof, aus dem Ferienlager, Slows eines Sommers, blöde Kanons, patriotische Hymnen und sogar Kirchenlieder, sie hatte sie während ihrer ganzen Kindheit gelernt, bei Autofahrten, Abenden am Feuer, Bergwanderungen, sie konnte die Compagnons de la Chanson und Edith Piaf nachahmen, *Minuit chrétien* und *Ma Normandie* singen, 170 Kilometer wären zu kurz, um alle durchzugehen, sie begann wieder zu lachen, was würde sie mit den ganzen Liedern anfangen, sie, die nie ein Kind in den Schlaf gesungen hatte?

Was würde sie mit ihren Texten machen, sie, die keine Anspruchsberechtigten hatte?

Eines Tages würde sie Gemeingut werden, eines fernen Tages, da ihr Vater schon gestorben wäre und erlöst von Traurigkeit und Scham, und dann würde alles eingestampft werden, ohne dass jemand widersprechen würde, ihr Roman mit Patrick würde zerrissen werden wie alles andere.

Alle Qualen.

Alle Schmerzen.
Alle Sorgen.
Verdampft wie der Morgennebel.

Sie drehte die Scheibe runter, der eisige Wind zerzauste ihr Haar, traf ihre Lider, sie streckte den Kopf aus dem Auto; da es nicht genug Kilometer für alle ihre Lieder gab, nicht genug Zeit, um ihren Frust herauszulassen, würde sie im Nirgendwo und gegen das Nichts anschreien, wie eine Aufrührerin, eine Rasende, würde über die leere Autobahn, die kahlen Felder brüllen, ihre erbärmliche Leidenschaft, ihre nutzlose Kohle, ihren trockenen Bauch herausschreien, alles, was ihr fehlte, mit oder ohne h. Und sie brüllte lange, ein durchscheinender, kaum hörbarer Schrei, übertönt vom Lärm des Autos und des Windes, ein stummer Schrei, gepeitscht vom Sturm, stumme Wut, dann schloss sie das Fenster wieder.

Sie rang nach Luft wie eine aus dem Wasser gezogene Ertrinkende, verblüfft, atemlos, Augen und Mund ausgetrocknet. »Beruhige dich, mein Liebling, mein Schätzchen. Beruhige dich.« Sie wusste nicht mehr, was sie tun sollte, wie gegen die Müdigkeit ankämpfen, gegen die Gedanken, die sie durchfuhren, sie trieb seit vielen Tagen allein auf dem Ozean, die Einsamkeit würde sie verrückt machen, sie wusste nicht mehr, ob sie singen, brüllen, mit sich reden, sich bewegen oder sich nur auf die Kilometer konzentrieren sollte, die von den Scheinwerfern verschlungen wurden, dem mächtigen Tier gehorchen, zu dem das Auto geworden war. Sie hatte gebrüllt, wie man ein Gespann antreibt, wie man die Räuber in die Flucht schlägt, aber die Autobahn war leer, es geschah nichts, Patrick und ihr Vater schliefen, niemand sorgte sich um sie, sie schrie bei 200 Stundenkilometern, sie war in Gefahr und konnte dem Tod begegnen, jetzt, in dieser Sekunde in seinen Armen zerschellen, und wer würde dann erfahren, was für eine Nacht sie durchquert hatte? Wer würde von der Einsamkeit erfahren, die dich umklammert, wenn die Angst dich losgelassen hat?

ERINNERST DU DICH, mein Liebling, mein Schätzchen, wie er Blut gespendet hat? Du saßest neben ihm und starrtest auf die riesige Nadel, die in seiner riesigen, vorspringenden, gelb angemalten Vene steckte, und er scherzte immer mit den Schwestern, immer ein nettes Wort, eine Neckerei, sie kannten ihn gut, er kam so oft, manchmal zu oft, das war nicht erlaubt, aber wenn es einen Notfall gab, rief man immer ihn an, dein Vater war immer bereit, denn er war »Universalspender«, wie stolz er darauf war: »Ich bin Universalspender, ich bin o negativ und du auch, Hélène, alle meine Kinder sind es, alle meine Kinder können allen Blut spenden, aber aufgepasst! Nur sehr wenige können für euch spenden!« Und in den Straßen von Perpignan hast du die Passanten angesehen, die Leute auf den Terrassen und in den Autobussen, auf dem Fahrrad und in den Geschäften, und du wusstest, dass dein Vater mit seinen riesigen Venen und seinem Universalblut sie alle retten konnte. Auf der Windschutzscheibe des Autos mit den unzählbaren Kindern hatte er einen Aufkleber angebracht, ein knallrotes Kreuz: »Blutspender«, er hatte eine Medaille erhalten, er hatte seinen Blutspenderausweis und seinen Ausweis für kinderreiche Familien, dieser universelle und vervielfachte Maurer, aber du, mein Schätzchen, mit leerem Bauch und dünnen Venen, die wegrutschen wie ein feuchter Faden, du bist dazu nicht imstande, oh nein! Das Blut deines Vaters war in den Krankenhausfluren und auf der Entbindungsstation, in den Sirenen der Ambulanzen, auf den Autobahnen, und es gefiel dir nicht, dass sein Blut »o negativ« hieß. Negativ. Null und negativ, wertlos, denn letztendlich … gibt es immer eine Strafe. In manchen Ländern bezahlt man für das Blut der Armen, aber das hätte dein Vater nie getan, arm ja, Verkäufer niemals.

Und Hélène fuhr jetzt ruhiger, da ihre Gedanken zu alten Bildern abschweiften, sie kämpfte nicht mehr mit den Kilometern, ließ sie einfach hinter sich. Sie wehrte sich nicht mehr gegen die Müdigkeit, entspannte sich etwas, noch aufmerksam, weniger eigensinnig, sie ließ die Zügel locker, und schon nahm die Landschaft andere Formen an, der Morgen war fast hell über den hügligeren Feldern, die Städte folgten dichter aufeinander, sie war nicht mehr allein auf der Straße, ab und zu kam ihr ein Auto entgegen, ein Lastwagen mit Planen, ein Bus mit schlafenden Touristen.

Sie legte den Weg in umgekehrter Richtung zurück, den Patrick hätte fahren müssen, wenn er anstatt zu lachen gekommen wäre, um Isaac die Fresse einzuschlagen, mitten in der Nacht, mitten auf der Buchmesse: »Das ist MEINE Frau! MEINE Frau, verstehst du, Scheißkerl?« Aber Isaac hätte nichts verstanden, Patrick hätte ihn im Bett angetroffen, vielleicht mit einer anderen Frau, mit zwei Frauen, mit einer Frau und einem Mann, mit allem, was man will, nur nicht mit ihr, ihr, der man Anträge machte und die man dann vergaß, denn das Leben ist ein weites Jagdfeld, ein Selbstbedienungsladen unter freiem Himmel, ich nehme dich, ich verlasse dich, ich habe Lust, etwas anderes zu probieren. He! Sie da! Ja, Sie! Warum nicht? Warum nicht er, warum nicht sie, ein Universalspermaspender, aber seit Patrick sah sie diese lächerlichen Komparsen nicht mehr. Keiner von ihnen hatte Patricks schwarze Augen, die in sie eindrangen, um sie ganz und gar zu lesen, ihre Vergangenheit zu erfahren, ohne dass sie sie erwähnte, ihre Müdigkeit, ihre Hoffnungen zu verstehen, ohne dass sie darüber sprach. Nur Patrick wusste ohne Erklärung, ohne Erörterung, wusste durch ihre Art zu gehen, ihn anzulächeln, sich zu ihm zu flüchten oder mit ihm zu sprechen, das Gesicht ein wenig abgewandt, wie es ihr ging, was sie brauchte. Er sagte: »Es ist das erste Mal, dass ich eine Wildkatze zähme«, das war bescheuert, solche Sätze sind bescheuert, wenn man nicht verliebt ist, aber wenn man liebt, sind die einfachen Sätze, die schlichten Metaphern die wahrhaftigsten, ebenso ergreifend wie ein Liebeslied, ein billiges Lied mitten ins Herz gefeuert, wenn man liebt, kehrt sich die Intelligenz um, teilen sich die Fluten, verschwindet das Überflüssige mit erstaunlicher Leichtigkeit, und so viele Dinge, an die man sich geklammert hatte, werden unnütz. Man wollte geliebt, anerkannt und verstanden werden, von so vielen Idioten, falschen Freunden, Komparsen, aber eigentlich zählt nur noch der Geliebte, die Zeit vergeht mit ihm und die Zeit vergeht ohne ihn mit Erinnerung und Erwartung, die geweitete, vom Geliebten ausgefüllte Zeit, aber dann …

Aber dann, mein Schätzchen … wo ist er, dieser Mann? Was macht man mit einer Liebe, die sich am falschen Ort einnistet, die sich in der Person irrt? Was wirst du mit dieser Leidenschaft anfangen, sie ist so schwer, sie ist so groß, sie kann dich nicht einfach so sitzenlassen, jetzt, in einer Nacht, in einem Zimmer, auf einer Autobahn, das ist, als würde man sich an einer Glasscheibe stoßen, rückwärts laufen, mit offenen Augen schlafen, das ist tot sein, tot und zugleich lebendig, das gibt es nicht, wie machen es die anderen alle, die nicht an Liebe sterben? Wie leben sie, wie finden sie eines Tages den Geschmack an den Dingen und den Menschen wieder? Sie lassen den Anschein neu aufleben und beteiligen sich am allgemeinen Getöse, dem von Vernunft und Unterhaltung gelenkten Leben ... Ich will nicht unterhalten werden. Ich will erobert werden. Ich will nicht anständig sein. Ich will, dass man sich von mir entfernt, dass man die Ansteckung flieht, ich will die Königin der Verrückten sein, die Königin der Bescheuerten, denn genau das ist die Liebe, genau das sagen sie: *liebeskrank*, *verrückt vor Liebe*, Liebe, die verschlingt, besessene Liebe. Ich will mein Unglück selbst wählen, mein Unglück heißt lieben. Ja. Ich will. Ich will die Gardinen und die Brautschleier abreißen. Ich will die Wälder durchqueren und auf dem Wasser laufen. Ich will das Lachen des Mannes sehen und ihn wie eine Schlange tanzen lassen. Ich kann alles machen, alles entscheiden, alles über mich erfahren. Ich kann mich frei erleben, mich furchtlos entdecken, ich kann mich überraschen und mich lieben und mich als Universalliebende offenbaren, es macht nichts, wenn diejenigen, die ich auswähle, es nicht wert sind, ich kann einen Toten erleuchten, die Abscheulichen verherrlichen, die Bettler aufrichten, es ist nicht schlimm, wenn man sich in der Liebe irrt, den falschen Prinzen auswählt, das Entscheidende ist, dass das Leben mit unglaublicher Geschwindigkeit davonfliegt, das Wichtige ist, dass es einem den Atem raubt, dass das Herz galoppiert, das Wesentliche ist die große Gefahr der Liebe, nicht die Engherzigkeit des Liebhabers.

Wie recht sie gehabt hatte, den fünf Feuerlettern zu folgen, denn Paris musste sie betreten, und sie würde die Tore der Stadt mit dem Stolz derjenigen passieren, die die gefährlichste Botschaft überbringt.

Die nächsten Kilometer sah sie nicht vorbeiziehen. Das Auto fuhr allein, ohne dass sie es wirklich lenkte, es raste dahin wie ein Pferd, das in den Stall zurückkehrt ... Das hatte sie zu Patrick gesagt ... Sie war ihm in ein Bergdorf gefolgt, wo er Strindberg spielte, er hatte sie am Bahnhof abgeholt, und auf dem Weg zum Hotel hüpfte sie, während sie sprach und lachte, das Gesicht strahlend vor Licht und Freude, und er, glücklich und überrascht von diesem Tanz um ihn herum auf dem Bürgersteig, hatte sie gefragt, warum sie auf dem Weg zum Hotel so herumsprang. »Ich fühle mich wie ein Pferdchen, das in den Stall zurückkehrt«, hatte sie ihm erklärt. »Ich bin so glücklich, ich kann nicht anders als rennen! Stell dir vor, mein Herz, wir haben jetzt nichts anderes vor, als uns zu lieben, uns den ganzen Tag zu lieben, bis zu deiner Vorstellung heute Abend!« Und der Tag war ein Wunder gewesen, Entschädigung für so viele gleichgültige, neutrale Tage, ihre Hochzeitsnacht, in der sie sich in den Armen, im Blick, im Verlangen des anderen entdeckten, wie sie sich niemals erfahren hatten, und es war richtig, es war gut, es war wirklich, es war wahr und harmonisch ... Aber war es das nicht immer noch? *Die wahre Liebe*? *Die große Liebe*? Für wen war sie sonst bestimmt? Wer hatte je ein Anrecht darauf? Das Recht, zu sagen »Ich habe geliebt«, ohne sich zu täuschen? Die Ekstase, die Fröhlichkeit, die Lust, vor Glück zu schreien und zu explodieren in dieser Stadt am Fuß der Berge ... Was war es? Was war es sonst? Diese Erfülltheit, dieser Reichtum, das ungekannte Gefühl, endlich im Zentrum seiner selbst zu sein … wie nannte man das? Wie lautet der Wortschatz, das Vokabular, um die unzugängliche, die unsichtbare Vollkommenheit auszusprechen? Und müsste man nicht ein Tetragramm erfinden, das es verbieten würde, das Wort *Liebe* auszusprechen, weil es ebenso unsinnig ist, an die Liebe zu glauben wie an den Himmel? Wer aber kann die Gnade erhalten? Dank welchem Privileg?

Und welchen Namen man ihr auch geben oder verweigern mag … wie kann man davon genesen?

Hélène fuhr auf dieser Autobahn, weil das der Weg war. Sie folgte den Hinweisschildern, sie gehorchte der Zeit, die sie ans Ziel führte, einem Reflex, wie ein hungriges Pferdchen, ab und zu tauchten Bilder auf, und sie konnte sie nicht mehr entschlüsseln. Sie und Patrick, eine Geschichte, zwei Wirklichkeiten und keine Gewissheit und keine Wahrheit, niemals. Nicht mal eine gemeinsame Erinnerung. Nichts.

Sie fuhr. Sie blieb an den Mautstellen, an Stoppschildern, an roten Ampeln stehen, an den Hindernissen, die immer häufiger wurden, als nun Robert Bertins schlammbespritztes Auto Paris erreichte.

Und jetzt war sie angekommen.

Da wohnte er.

Diese Straße kannte ihn.

Er war der Bewohner dieser Straße.

Dieser Hausnummer, dieser Stadt.

Sie war vor den geschlossenen Fensterläden angekommen.

Sie würde ihn herausholen.

Er sollte herunterkommen. Sollte sich erklären. Sollte noch mal lachen, allein. Er, der vorher nur mit ihr gelacht hatte. Unbändiges Gekicher von allen beiden. Gemeinsames Lachen, weil sie beide so gern Unsinn erzählten. Komische Stimmen nachahmten. Sich übereinander lustig machten, wie es nur zwei können, die sich durch und durch kennen. Sie allein verstanden die Geheimcodes ihres Lachens, manchmal lachten sie auch lautlos, sie wiesen einander mit einem Blick auf jemanden hin und wussten sofort, was an ihm unpassend, nur für sie beide komisch war, und sie wandten sich ab, um nicht dem Blick des anderen zu begegnen und herauszuplatzen – aber zusammen und geräuschlos explodierten sie.

Sie waren fröhlich zusammen. Freuten sich über alles, denn außer ihnen war alles unwichtig, und das Leben ringsum hatte nur eine untergeordnete Funktion, deshalb konnten sie nicht traurig darüber sein, niemals. Sie lachten aus Freude, zusammenzusein, wie man lacht, wenn man eine gute Nachricht erhält, denn sie teilten die wunderbare Überraschung: Sie liebten sich. Sie wollten es. Sie glaubten daran.

Und jetzt würde sich der Mann mit der nackten Haut hinter den Fensterläden anziehen und zu ihr kommen. Und sie würden nicht bezaubert sein, am frühen Morgen zusammenzukommen. Sie würden verlegen sein und sich unbehaglich fühlen. Aber sie wollte, dass er sich anzog und kam. Mit seiner Müdigkeit, seinem Ausweichen, seiner Abwehr. Und seiner Panik, sie in der Verbotenen Stadt zu wissen. Dem legitimen Territorium. Sie war die Illegitime. Sie gehörte allen und keinem, wie immer. Ein bisschen rechts, ein bisschen links, wie immer.

Sie verließ die Straße, fuhr in das nahe Wäldchen und parkte das Auto.

Sie war ruhig. Und unendlich traurig. Sie lehnte sich gegen die Fahrertür und sah auf den Bois de Boulogne, seine weit auseinanderstehenden Bäume, seine zahlreichen Wege, die Stunde der Transvestiten und der bezahlten Orgasmen war vorbei, gerade begann die Stunde der Sportler, sie rannten lautlos und elegant wie Elfen, Hélène sah sie auftauchen und voller Leichtigkeit hinter den Hinweistafeln für Pferderennbahn, Botanischen Garten und Pont de Sèvres verschwinden. Der Park schwankte zwischen Natur und Stadt, war weder wild noch wirklich kultiviert, nach den Bedürfnissen des Menschen, seinem Raumbedarf und seiner Furcht vor dem Ungezähmten geformt, man wechselte so leicht vom Moos auf den Asphalt, vom zugefrorenen Fluss auf die frisch gestrichenen Bänke, es war ein gezähmter Wald, der niemanden überraschte.

Ihr war kalt. Sie war allein. Der Himmel war weiß, vergessen von der Sonne und ihrem Widerschein, ein anonymer Himmel ohne Vorzeichen, es war ein braver, zivilisierter Morgen, eine vernünftige Zeit, und das Fehlen der Angst nützte ihr nichts, denn hier zu kämpfen wäre vergeblich gewesen. Es gab weder Freund noch Feind, keinen Gegner nach ihrem Maß, keine Liebe nach ihrer Maßlosigkeit.

Sie öffnete die Beifahrertür, nahm das nach Nikotin stinkende Handy aus dem Handschuhfach, wischte es mit dem Ärmel ab, und endlich begann ihr Herz schneller zu schlagen, wurde wieder die kleine Fackel in ihrer Brust, der Pulsschlag ihrer Gefühle, endlich ein tiefer Rhythmus, ein Trommelschlag, eine gespannte Haut, auf die die Handfläche schlug, um den Tagesanbruch zu verkünden, während sie Patricks Nummer wählte, und in ihrem Bauch packte sie die Krabbe mit ihren langen Scheren, und der Kopf schmerzte, die Finger zögerten, wie ausgerenkt am Ende ihrer Arme … Endlich eine Gefahr, endlich das Unvorhersehbare.

»Hallo?«

Patricks Stimme klang besorgt, noch verschlafen, aber wachsam, beinah aggressiv, die Stimme, mit der er nie zu ihr gesprochen hatte, da er immer ihre Rufnummer erkannte.

»Ich bin's.«

Wie gern sie das sagte, es ihm allein sagte und nur ihm, ICH BIN'S, und das ICH wurde riesig, nahm den ganzen Platz ein,

ICH BIN'S! Bei dir bin ich ich, durch dich erkenne ich mich und erkenne mich wieder, und du kannst mir alle Namen geben, die dir einfallen: *meine kleine Sonne, meine Schöne, meine Liebste, mein Eichhörnchen, mein Wildkätzchen*, das bin ich und immer ich, die dummen und wunderbaren Spitznamen werden immer Hélène sein, ich bin es, durch dich kann ich es behaupten, verkünden, herausposaunen, ich bin's mit dir durch dich für dich, ICH BIN'S!

»Ich bin im Bois. Am Ende deiner Straße, kennst du den Chemin des Eglantiers? Hinter der Kreuzung von –«

»Kenn ich. Aber was machst du da?«

»Komm!«

Sie legte auf. So müsste das Leben immer sein. Im Imperativ. Komm! Lieb mich. Erwarte mich. Überrasche mich. Umarme mich. Ich bin's. Beglücke mich. Wähle mich. Bevorzuge mich. Ich bin's. Komm her. Komm!

Und er würde kommen. Er würde gehorchen. Sie wusste es. Er hatte zu große Angst, dass sie an seine Tür klopfte, nachdem sie sich heute schon so nah herangewagt und ihn herbeordert hatte. Er würde die Herausforderung annehmen, das Duell akzeptieren.

Sie legte die Hände um ihren Kopf, rieb sich die Lider, massierte die Schläfen, schob sich die Strähnen hinter die Ohren, kurze, schnelle Bewegungen, um nicht mehr zu zittern, den Körper zu bändigen, der in Erregung und Nervosität abglitt ... Und was würde sie jetzt machen? Was würde sie ihm sagen, was wollte sie von ihm, was warf sie ihm vor? Zum *Bräutigam* bestimmt worden zu sein, unbehaglich im

Gewand des Helden, Hauptperson eines Romans, der nicht von ihm erzählte, dem er aber den Namen gegeben hatte? Was wollte sie? Dass er wieder ihr Geschöpf wurde? Dass er dem Protokoll folgte, den zehn Geboten ihrer Leidenschaft, deren erstes natürlich lautete: »Du sollst nicht lachen«? Was erwartete sie von diesem verheirateten Schauspieler und Familienvater an diesem Novembersamstag im Bois de Boulogne? Was erhoffte sie anderes als eine Bestätigung, wie sehr sie sich getäuscht hatte? Verrückt bist du, mein Liebling, mein Schätzchen, ich hatte dir gesagt, du sollst das Herz im Kästchen lassen, geh weg, geh sofort weg, ehe das Double erscheint, die Gestalt des Liebhabers, die Hülle des Geliebten, aber ohne seine Anwesenheit, ohne das Licht und das Charisma, ohne die Kraft und die Poesie, geh weg, die Wahrheit ist niemals ein schöner Anblick. Nimm einen Weg in diesem Wald, egal welchen, verlauf dich in Boulogne, verlauf dich auf den Brücken über die Seine, renne, mein Schätzchen, kehre in deine wohltuende Einsamkeit zurück, spitz deine Bleistifte, lass deine Landschaften raus, erfinde, male alles in den Farben deiner Neurosen, geh schon, Hélène, renne, mein Eichhörnchen, meine kleine Sonne, meine Schönheit, meine Liebste …

»Mein Schatz, was machst du hier? Was ist passiert, Hélène, was machst du hier?«

Er war da. Vor ihr, wirklich, unverändert. Instinktiv erkannte ihn Hélènes Körper als Verbündeten, als Blutsbruder, der sie beglücken und beruhigen konnte, er stand reglos vor ihr: ihre Verwirrung, ihre Müdigkeit und die Bestürzung, die er nicht verstand, er sah sie an, und der Zweifel machte ihn stumm, sie konnte seinen Geruch erraten, sich genau erinnern, die warme, prickelnde Vertrautheit, der leichte Rausch, dem sie sich so oft hingegeben hatte, denn mit ihm war sie weit vom Alltäglichen abgedriftet, ganz nah am Traum, sie hatte ihm ihr Vertrauen und ihre Hingabe geschenkt, sie dachte, sie hätte ihn erfunden, dabei besaß er, sie sah es in seinem Blick, das unfehlbare Wissen um sie, er war der Verwahrer, das Gefäß. Sie hatte sich ihm gegeben, und er hatte sie genommen, und jetzt war sie nichts mehr, sie lebte ohne sich. Er hatte sie gestohlen, für immer in sein schwarzes Auge eingeschlossen, sie war in dieser Pupille, deshalb war sie leer, ohne Hoffnung und ohne Angst: Wie kann man Angst haben, wenn man aufgehört hat zu existieren? Sie wollte sich zurückholen, sie wollte, dass er sie hergab, da, jetzt, ICH BIN'S, gib sie mir zurück, gib mir Hélène zurück, gib mir mein Leben zurück! Aber er hielt sie weiter fest, und sie sah das Auge größer werden, erfüllt von ihr, ohne Unschuld, ein ausschließlicher Blick ohne Schwäche, da wich sie etwas zurück, hypnotisiert von diesem Blick, ihr Rücken stieß an den Kofferraum des Autos, und je größer das Auge wurde, desto kleiner wurde sie, eingesaugt vom Zyklopen, da drehte sie sich eine Sekunde um, ohne nachzudenken, ohne es auch nur zu wollen, öffnete ohne Zögern den Kofferraum, sah die Lappen, die Plastikkanister, das Jagdgewehr, erkannte sie wie vertraute und notwendige Gegenstände. Es dauerte nur wenige Sekunden, kaum einen Atemzug, und wieder stand sie Patrick gegenüber, aber jetzt … mit dem Gewehr in der Hand.

Zwischen ihm und ihr stand jetzt der Tod. Möglich. Konkret. Unmittelbar.

Damit sie nie mehr zu den gewöhnlichen Tagen zurückkehrten. Nie mehr an der gemeinsamen Orgie teilnahmen.

Sie hielt das Gewehr in der Hand, den Arm nach ihm ausgestreckt wie eine Einladung zum Walzer; erinnerst du dich, mein Herz, wie wir getanzt haben, erinnerst du dich an die Musik, die in unseren Bäuchen vibrierte, und du hast gesagt »Folge mir, lass dich führen«, aber heute morgen bestimme ich den Rhythmus. Das schwarze Auge auf dem Flügel des Todesengels starrt mich an, aber heute Morgen werde ich dich umstoßen, dich zu Boden werfen, damit es sich schließt, es wird weder Lachen noch Besitz geben, es wird weder Verleugnung noch Furcht geben. Ich halte deine Phantomhand in meiner Hand, lass dich führen.

Er stand ihr gegenüber, er, der sie gekannt, der sie geliebt hatte … und der sie doch nicht erwählt hatte.

Eine Liebe ohne Haus.

Ein offenes Gefängnis.

Die Freiheit der Hochmütigen. Und er schwankte zwischen reden und schweigen, sie zur Vernunft bringen oder zwingen. Er schwankte, denn sie war eine neue Frau. Er sah, dass ihr kalt war, er sah ihre Müdigkeit, ihre fieberhafte Entschlossenheit, und trotzdem erkannte er sie nicht wieder in diesen vertrauten Schwächen, es war fast, als würde das Gewehr sie halten, als hebe es ihre Hand, strecke ihren Arm, und vor diesem Gewehr wusste er nichts.

Mit Hélène hätte er sprechen können. Es hatte so häufig Vergebung zwischen ihnen gegeben, so häufig Rückkehr. Sie hatten die Demut des ersten Schritts erfahren, das Wort ohne Verdammung, die ewige Milde jener, die es nicht abwarten können, sich wiederzufinden.

Er hätte sie gern daran erinnert, sie in diesen Raum der Barmherzigkeit zurückgebracht, in dem sie gelebt hatten, aber das Gewehr verbot ihm das Wort.

Er hätte gern die Arme ausgestreckt, damit sie kam und damit sie einander festhielten, wie sie es so oft getan hatten, stumm, fast reglos, in Sammlung und unendlicher Annahme.

Aber das Gewehr bremste seinen Impuls.

Er sah sie an. Damit sie sich durch diesen Blick an das erinnerte, was sie vermocht hatten, an die Gnade, die ihnen geschenkt war, diese wilde, ungeschickte Liebe. Einzigartig.

Aber das Gewehr richtete sich zwischen ihnen auf, um sie dahin zu führen, wohin sie nie gegangen waren. Es war der Herr des Vergessens. Es hatte ihnen die Macht und die Furcht gegeben.

Es lag in Hélènes Hand wie die Frucht einer verdorbenen Liebe.

Und jetzt schämten sie sich. Und jetzt hatten sie keinen Ort mehr, an den sie gehen konnten.

Da schoss sie.

Damit alles explodierte.

Damit alles aufhörte.

Sie schoss. Einmal. Zweimal. Dreimal.

Sie waren durch das Feuer verbunden. Durch den Knall. Durch den Blitz und die Angst.

Sie waren die Einzigen, die diese Auflehnung kannten, sie waren die Ersten, die erlebten, wie man flieht, wie man in die Explosion rennt.

Sie waren die erste Liebe.

Die letzte Hoffnung.

Und dann der Sturz.

Der Mann am Boden. Zwischen Leben und Tod. Zwischen Himmel und Schlamm.

Er lag am Boden, sein Leben bald versunken und ihre Geschichte vernichtet, nie geschrieben, niemals mehr gelebt. Und ihr Lachen und ihre Küsse und ihre Orte und ihre Hoffnungen und ihre Zeit … Die Zeit, die nur ihnen gehörte. Ihre Zeit war abgelaufen.

Er lag am Boden und der Himmel erschien ihm so hoch, so fern, so stumm. Er öffnete das Geheimnis, ohne ihn zu sich zu rufen. Er vergrößerte den Zweifel, ohne Zuflucht zu bieten, und der Mann wog schwer auf dem Schlamm, unter dem verweigerten Himmel.

Er lag am Boden und sein Blut floss in ihm wie ein zurückgehaltener Kummer, Hélène schmiegte sich an seine Wärme, seinen Geruch, seine letzten Zuckungen. Sie hörte weder die

Stimmen ringsum noch den Gesang der blauen Sirenen. Sie hörte weder das Leben, das sich regte, noch das hysterische Lachen noch die erstickten Schreie. Sie schmiegte sich an ihn, aus dem sie und sein Leben flossen, sie lag bei ihm, die letzten Sekunden, ehe er für immer erlosch ... mein Herz ... er sie verließ, er sich abwandte ... mein Herz, nimm mich mit ... er aber erbleichte, entfloh ... mein Herz, nimm mich mit ... er aber, ohne eine Klage, einen Seufzer, einen Tropfen Blut ... mein Herz, nimm mich mit ... er aber, wie ein geschlachtetes Tier ... mein Herz ...

Mein Herz, wie sehr du mir fehlst ...

Er aber, zwischen Himmel und Schlamm

Titel der Originalausgabe: *Sa passion*
Umschlaggestaltung: Michel Keller, München,
Typografie + Satz: www.frese-werkstatt.de
Druck und Bindung: Clausen und Bosse, Leck

ISBN 978-3-88897-482-3